GUILLERMO FANGELSON

SINGULARES

Tangelson, Guillermo
  Singulares / Guillermo Tangelson. - 1a ed. - Ciudad Au-
tónoma de Buenos Aires : Del Nuevo Extremo, 2022.
  160 p. ; 21 x 14 cm.

  ISBN 978-987-609-815-1

  1. Narrativa Argentina. 2. Literatura Juvenil. I. Título.
  CDD A863.9283

© 2022, Editorial Del Nuevo Extremo S.A.
Charlone 1351 - CABA
Tel / Fax (54 11) 4552-4115 / 4551-9445
e-mail: info@dnxlibros.com
www.delnuevoextremo.com

Arte de tapa: Salaiix / Diego Greco
Armado de tapa: Wolfcode
Edición: Mónica Piacentini
Diseño interior: Dumas Bookmakers

Primera edición: mayo de 2022

ISBN 978-987-609-815-1

A Oscar Tangelson,
porque calibró mi mirada.

A Mariana Skiadaressis y Paula Puebla,
por ayudarme a poner a punto esta novela.

A Lucio y a Joaco,
mis dinamitas.

Y a Maru Cazeneuve
porque ajustó mis tornillos sueltos.

1.

ΛLPHΛ OMEGΛ

Todos los dispositivos electrónicos del mundo recibieron la misma alerta. "Este sábado miren el cielo" y abajo, las coordenadas 41°53'25"N 12°29'32"E. En minutos todos estaban googleando "Sábado + Coliseo de Roma".

La búsqueda llevaba a un sitio web con la pantalla en negro y un reloj en una esquina con una cuenta regresiva. Los que permanecían en la página el tiempo suficiente podían escuchar una respiración entrecortada, monstruosa. Todos los noticieros del mundo hablaron del enigmático mensaje. Nadie parecía hacerse responsable de haberlo enviado. Pasaban los días y crecían las conjeturas.

Cuando llegó el sábado, todos miraban el cielo a la espera de algún acontecimiento de proporciones épicas. Pero la cuenta regresiva llegó a cero y no pasó nada. La expectativa crecía, hasta que a uno se le ocurrió visitar la página con las coordenadas recibidas y descubrió que, en lugar de un sitio vacío, ahora había un recuadro que activaba la cámara de su teléfono celular. Movió el aparato para confirmar que, en efecto, se trataba de su cámara, y entonces volvió a aparecer la frase: "miren el cielo" y esta vez lo miró a través de su celular.

—¡A la mierda! —dijo uno en Argentina.

—*Oh, fuck!* —dijo otro en Irlanda.

—*Ah, merde!* —exclamó una en Francia.

Y ellos animaron a los demás a tomar sus teléfonos y mirar hacia el cielo, como si vieran un eclipse.

Entonces apareció en sus pantallas una bestia gigantesca en medio del espacio que escupía bolas de antimateria y lanzaba relámpagos por los ojos. Su piel tenía una apariencia viscosa y por colmillos, miles de astillas afiladas. La bestia se aproximaba a la órbita terrestre, pero de pronto recibió el impacto de un misil en medio de su cuerpo enorme. Rayson, el Infinito experto en armas, fue quien lo detuvo con uno de sus misiles. En caso de que alguien no recordara su nombre, apareció la palabra Rayson en pantalla, como si se tratara de un cómic interactivo. Se escucharon vivas al unísono en todo el planeta. El Infinito sonreía con su enorme mandíbula y exhibía sus musculosos brazos. Rayson parecía una figura de acción, siempre listo para la próxima batalla.

Develada la incógnita, apareció el ícono del infinito en el costado de la pantalla y la inconfundible voz de Alpha Omega, líder de los Infinitos y narrador de sus batallas, el más querido por el público, su capa de color blanco ondeaba en cámara lenta y dejaba ver los símbolos de su inmaculado traje. En el hombro derecho, el símbolo griego α, en el izquierdo ω y en el centro, el ∞ del Infinito.

—Ante nosotros podemos ver a Sísifo —contó en off Alpha Omega desde su nave, con traducción simultánea a todos los idiomas—. Es una bestia invencible. Hemos intentado lanzarle misiles, la hemos tratado de congelar, la hemos incinerado, quisimos cortarla, herirla, golpearla, pero nada puede lastimarla. Tal vez estemos ante el fin de nuestro planeta. Tal vez sea esta nuestra última transmisión. Llevamos años estudiándola y sabemos que, mientras siga destruyendo mundos, seguirá siendo inmortal. ¿Cómo vencer a aquello que es invencible? —preguntó Alpha Omega de manera teatral y retórica.

En la tierra, muchos comenzaron a llorar, a desesperarse. Hubo embotellamientos, algunos ensayaban poses heroicas para enfrentar al temible Sísifo, varios renunciaron a sus trabajos convencidos de que era el fin, pero la mayoría siguió mirando la transmisión, porque creían que sus héroes los salvarían y también creían en los finales felices.

—¡No tenemos que vencerlo! —se dijo de pronto Alpha Omega como ante una revelación—. No tenemos que vencerlo —le comunicó a su equipo.

—¿Cómo que no tenemos que vencerlo? —preguntó Look Ahead mientras calibraba los radares. Ella era la primera mujer en lograr ser parte del equipo de los Infinitos. Se tomaba el trabajo con enorme dedicación y, pese a que no siempre le prestaban la atención que hubiese deseado, ella jamás se quejaba.

—Solo tenemos que evitar que destruya el planeta —dijo Alpha Omega ante la mirada esperanzada de todo el mundo.

—Yo puedo crear una cúpula que cubra la Tierra en cuestión de minutos —propuso Star Bag—, necesito que distraigan a la bestia mientras lo hago.

Star Bag era un tipejo de facciones redondas que siempre caminaba encorvado. Como especialista en construcción de domos, creyó que sería adecuado llevar un escudo en la espalda, como el Capitán América. Pero al ser tan bajito parecía más una tortuga que un superhéroe.

—Yo puedo crear un *mapping* del tamaño de la Tierra para generar la ilusión de que el planeta ya no está ahí —agregó Vinci con entusiasmo. Vinci era puro arte y glamour. Vivía en estado de permanente seducción, algo que enloquecía a hombres y mujeres por igual.

9

—Perfecto —dijo Alpha Omega—. Infinitos, solo tenemos una oportunidad. Cuando llegue el momento, Sísifo va a abrir la boca y va a juntar la energía de mil bombas atómicas para lanzar su rayo destructor a la Tierra. La ilusión tiene que ser desplegada en ese preciso instante, para que la bestia crea que nos destruyó y nos deje tranquilos.

Lo que siguió fue una serie de enfrentamientos entre los Infinitos y Sísifo que parecía cada vez más amenazante y se agitaba enfurecida, en busca de sus enemigos. Desde los dispositivos se escuchaba una música que le imprimía aún más tensión a las escenas de batalla. En el Times Square de Nueva York, el Picadilly Circus de Londres y en el Shibuya de Tokio comenzaban a aglomerarse multitudes frente a los monitores gigantes. De pronto, el cielo se oscureció.

—La cúpula está lista —dijo Star Bag inclinado sobre los controles de su nave.

—Y yo tengo el camuflaje preparado para cuando me indiques —completó Vinci.

—Perfecto. Llegó el momento —los instruyó Alpha Omega—. Primero tenemos que hacer que la bestia mire hacia la Tierra. Vinci, estate listo.

Vinci salía en todos los monitores del mundo con el dedo índice suspendido a milímetros del botón que crearía la imagen. Del otro lado de la pantalla, Alpha Omega aparecía muy concentrado.

—Aguantá, aguantá —indicaba mientras calculaba los próximos movimientos de Sísifo.

En la mitad del monitor Sísifo completaba el cuadro, escoltado por Vinci y por Alpha Omega. La bestia comenzó a girar en dirección a la cámara y mostró sus horribles colmillos.

—Todavía no —pidió Alpha Omega.

La bestia abrió sus fauces. Un resplandor comenzó a formarse dentro de su esófago iluminando sus horribles entrañas.

—Un poco más —susurró Alpha Omega ante el nerviosismo de Vinci.

Por un segundo, la bestia parpadeó.

—¡Ahora! —dio la orden el líder de los Infinitos. Vinci oprimió el botón y el mundo pareció desvanecerse en medio del espacio.

Sísifo abrió grandes los ojos, sus pupilas se contrajeron. Parecía confundida.

—Ahora andate —decía Rayson amenazante desde su nave.

—Andate, andate —suplicaban todos desde la Tierra.

Luego de un rato de mirar al vacío del espacio, la bestia pareció perder interés en nuestro planeta. Bajó la mirada como decepcionada y comenzó a alejarse.

Los habitantes de la Tierra se sintieron aliviados, pero la bestia volvió su rostro por un segundo hacia nuestro planeta y disparó su rayo destructor.

El cielo se tiñó de blanco. ¿Era el fin? Sí, lo era...

2.

SÍSIFO

... pero no para la humanidad. Los que miraron a través de sus dispositivos notaron cómo el rayo, luego de haber sido refractado sobre la superficie de la cúpula, rebotó en el horrible y sorprendido rostro de Sísifo que en un segundo se pulverizó. Miles de trozos de carne chamuscada ahora flotaban por el espacio.

Durante varios días hubo festejos en todo el planeta, pero había uno en particular que nadie quería perderse. Las celebridades, pensadores y artistas de todo el mundo estaban invitados a la Magna Fiesta en la mansión del excéntrico Vinci. Los medios de comunicación tenían derecho a filmar las primeras horas de recitales, cocteles, performances. En cuanto las cámaras se iban, comenzaba un desenfreno salvaje que duraba varios días, en los que las ambulancias no tenían descanso.

Las imágenes de la bestia que se autodestruía reemplazaron al icónico meme de los ghaneses que bailaban con un ataúd a cuestas. Millones de clips de alguien queriendo hacer una maldad, como lanzarle una pelota por la espalda a alguien y terminar recibiéndola en los testículos eran acompañadas por el rostro atónito de Sísifo.

—¡Ja! ¡Cómo la sisifeaste! —decía algún chico al ver una maldad frustrada.

Los Infinitos fueron todavía más queridos luego de la batalla y durante esas semanas casi todos los chicos que nacieron se llamaron Vinci, Rayson, Star Bag o Alpha Omega. A nadie le resultó sospechoso que todo hubiese ocurrido a través de sus pantallas y que no hubiese quedado una sola prueba del enfrentamiento. Nadie se preguntó si era posible construir una cúpula que cubriera la tierra en tan poco tiempo. Nadie dudó de la existencia de Sísifo. Bastó un resplandor en el cielo para crear un mito.

3.

ISAIAS

—¿Un resplandor? ¿El fin del mundo? Abran los ojos, gente —se burlaba a cámara un chico de anteojos de unos quince años desde la oscuridad de su habitación—. Yo soy Isaías y vengo a abrirles los ojos. Hoy en mi canal voy a desenmascarar La Mentira Infinita. ¿Qué tienen en común Sísifo, Ouróboros, las Hidras y todos los enemigos que enfrentaron los Infinitos?

En el costado, los usuarios comenzaban a opinar:

"¿Qué te metés con los Infinitos, gil?"

"¿Cuántos seguidores tenés, tu mamá y tu perro?"

"Dejá de hacerte el oráculo, chanta. Andá a estudiar".

—Lo que tienen en común —dijo Isaías acostumbrado a recibir *hate* por parte de su audiencia— es que todos ocurrieron en lugares lejanos, un desierto, en el corazón de la selva amazónica, en el espacio. Nada sucedió a la vista de las personas. Todo se vio a través de pantallas. ¿No les parece demasiado conveniente?

"Callate, antipatria, que los Infinitos son nuestros héroes".

"Andá, conspiranoico, ¿quién te cree?"

"Danos pruebas de tus acusaciones, mandafruta".

—Gente, hagan memoria —insistía Isaías—, antes de ser este grupo de supuestos héroes llamados Los Infinitos, estos tipos eran un conjunto de millonarios con tanto po-

14

der que controlaban países enteros. Los presidentes que los consultaban para tomar decisiones se convirtieron pronto en sus empleados. Los más ricos, los infinitamente ricos, se hicieron llamar infinitarios. No millonarios, no billonarios, infinitarios, porque eran tantas sus riquezas, tenían tantos bienes, recursos, tierras, patentes, empresas, gobiernos que se volvió imposible calcular cuánta guita tenían. Eran ricos de manera infinita, sin metáfora.

"¿Y qué te jode que haya gente que haga bien las cosas?"

"Vos decís eso porque seguro sos pobre. Resentido".

"Isaías, me llamaron los Infinitos. Dicen que te tienen mucho miedo. LOL".

—Esto no es para reírse, gente —reflexionaba a cámara Isaías—. Para que haya riqueza infinita también tiene que haber infinita pobreza. Millones de personas murieron de hambre y de enfermedades curables alrededor del mundo. Empezaron a entender que el verdadero problema de la riqueza era su mala distribución. Los infinitarios quedaron en la mira, fueron rodeados. ¿Y qué hicieron? Algo totalmente loco, que nadie hubiese imaginado. Inspirados por el icónico millonario Tony Stark, sí, el de las historietas, decidieron convertir su acumulación de poder en un superpoder. Se construyeron trajes, hicieron un edificio parecido al de los Avengers y se pusieron los nombres con los que hoy los conoce todo el mundo. Alpha-Omega, Star Bag, Vinci, Multimédula, Rayson, Look Ahead y la lista sigue. Todos creen que ellos son los garantes de nuestra paz y seguridad.

"Callate, revolucionario".

"¿Por qué no te mordés la boca así te envenenás, Isaías?"

—¿No lo ven? —comenzaba a impacientarse Isaías—. Apenas los tratamos de poner en evidencia nos hacen callar. No somos libres, no estamos informados. Estamos en manos de un grupo de ególatras que la juegan de superhéroes para controlarnos. Lo que realmente pasa es que …

—Izzyii —se escuchó a la madre del *streamer* del otro lado de la puerta—, la comida está listaaa.

—Estoy grabando, mamá —dijo Izzy lleno de vergüenza.

"Dale, Izzy. Tu mami te hizo la comida".

"Jajaja, chau, Izzy. Andá a buscar tu comidita…"

[Transmisión finalizada]

—Ma, ¿qué te dije de hablar cuando estoy en medio de una transmisión? —dijo Izzy con fastidio.

—Perdoname, mi vida, pero no quería que se te enfríen los espaguetis.

—¿Los hiciste con tuco? —giró Izzy con curiosidad.

—Como a vos te gustan.

—Bueno, te perdono la interrupción. Pero solo porque hacés la mejor pasta del mundo.

Desde el monitor de Isaías se abrió una ventana en otra computadora con el siguiente mensaje:

[Monitoreando emisión de la fecha. Usuario Isaías Feltner. Potencial amenaza. Dar aviso a los Infinitos]

4.

BETA

—¿No están emocionados, chicos? —preguntó la profesora desde el primer asiento de la combi—. Es la primera vez que eligen a nuestro colegio para ir a visitar el Salón Infinito. ¡Vamos a conocer a nuestros superhéroes!

—¡Sí! —chillaron a coro los chicos para desgracia del chofer, que cada mañana arrancaba el motor con la fantasía de lanzar el coche por un puente con todos adentro, y que terminaran envueltos en llamas, retorcidos de dolor. Lamentablemente para él no había ni un solo puente de camino al colegio, miró por el espejo retrovisor a sus ruidosos pasajeros, para calibrar mejor la fantasía, cuando vio a una alumna de expresión triste que guardaba silencio.

—¡El semáforo! —gritó la profesora.

—Lo vi, lo vi —mintió el chofer, clavando los frenos. Ya detenido, observó a la chica—. ¿Y a esa qué le pasa? —le preguntó a la profesora.

—¿A esa? —dijo, casi con desprecio—. Ni idea. Es nueva. No sé si será hija de diplomáticos, celebridades o qué, pero ya se cambió cuatro veces de colegio. Todo muy misterioso. Para mí que es muda o sorda. Yo no logré sacarle una palabra desde que llegó. Beta parece que se llama, ¿qué tipo de nombre es ese? Para mí es la loca del fondo, qué querés que te diga.

—Tampoco nos pagan para ser psicólogos, profe —concluyó el chofer mientras estacionaba la combi frente al Salón Infinito.

Los chicos salieron a los empujones. Una revolución hormonal se abría paso por el estrecho pasillo del coche. En el fondo quedó Beta, con la vista fija en una de las ventanas del salón. Resopló, como si tuviera que juntar fuerzas para entrar.

—Che, mudita —le gritó el chofer—, mejor bajá porque yo me voy a echar una siesta mientras ustedes van a ver a los G.I.Joe.

Beta tomó sus cosas. Antes de bajar de la combi, giró hacia el chofer y en un susurro le dijo:

—A cinco calles por esta avenida hay un puente. Tal vez quiera dormir su siesta allí.

El guía de la excursión recibió a los chicos con ridícula amabilidad. Les preguntó cuál era su superhéroe favorito, a cuál creían que podrían ver aquel día, qué sabían del Salón Infinito. Sin esperar respuesta, comenzó a contar una predecible historia de sacrificio y generosidad, de trabajo en equipo, que terminó en una cuantificación obscena de las toneladas de titanio con las que estaba recubierta la estructura del edificio para evitar ataques interplanetarios y otras mentiras que todos los contingentes celebraban con estúpida admiración.

La primera sala tenía exhibidos los primeros trajes utilizados por los Infinitos fundadores. Era una especie de museo estilo Hard Rock Café. Al ver un traje desgarrado no faltaba el que recordaba alguna batalla épica, de esas que se transmitían en *streaming* para todo el planeta con récords de audiencia y regalías.

La segunda sala, de luces más tenues, invitaba a mirar hacia arriba.

—El Fin de los Tiempos —anunció el guía levantando la vista hacia la cúpula en la que se retrataba la mayor batalla que tuvieron los Infinitos, una batalla contra una enorme serpiente que escupía lava y aplastaba todo a su paso—. Ese fue el nombre de la batalla. Porque todos creíamos genuinamente que era nuestro fin. Pero por suerte no lo fue —celebró el guía con una sonrisa.

Tras esas palabras se intensificaron las luces, mostrando en el centro de la sala el enorme cráneo de la serpiente: el Ouróboros. Los innumerables orificios de su cuerpo hacían pensar en una batalla mucho menos heroica que aquella que mostraba la cúpula.

—Todo mentira —se dijo Beta, pero prefirió permanecer en silencio.

Las luces se atenuaron otra vez y los estudiantes se dirigieron al Control Central, una especie de base de operaciones con cientos de agentes que monitoreaban los sucesos mundiales en tiempo real. Todos hablaban por intercomunicador y miraban sus pantallas con una seriedad que a la profesora le resultó inspiradora.

—Miren lo bien que trabajan en equipo —dijo ella—, lo disciplinados y silenciosos que son. Aprendan de estas personas.

Uno de los operadores miró al costado, sintió vergüenza ajena por los dichos de la profesora y de inmediato prosiguió con su tarea.

—¿Y los Infinitos? —preguntó uno de los niños.

El guía se puso serio por primera vez.

—En este momento están ocupados, pero seguramente vendrán en un minuto. Nunca se pierden la oportunidad de conversar con sus visitas.

En ese instante, Beta se desmayó. La profesora acudió de mala gana a socorrer a la chica.

—¡Ey, mudita! ¿Estás bien? ¿Te bajó el azúcar?

Beta abrió los ojos, parecía horrorizada:

—¡Me quieren matar! ¡Auxilio, me quieren enterrar vivo! —gritó ella con una voz grave, irreconocible.

—¿Estás bien? —se preocupó la profesora, rogando que los padres de la mudita no conocieran las limitaciones del seguro médico del colegio.

—¡Estoy en el quinto subsuelo! ¡Tengo que salir!

—Bueno —intervino el guía—, creo que esta chica tiene que ir a un hospital. Gracias por la visita.

En segundos, el equipo de seguridad ya los había escoltado hasta la combi y el de marketing ya los había llenado de regalos: posters y tazas firmados por los mismísimos Infinitos.

5.

CYSGOD

Ya en el colegio, la profesora se quedó con Beta en la portería, a la espera de algún adulto responsable. Beta tenía la cabeza entre los hombros y la mirada fija en el suelo.

—¿Tu padre o tu madre no te van a venir a buscar? Yo quisiera irme a mi casa.

Beta alzó la mirada. Tenía una expresión maligna y sus ojos se habían vuelto oscuros. La profesora se sobresaltó.

—Mis padres me dejaron morir.

—¿Cómo decís? —preguntó la profesora, pero en el momento en el que la chica se disponía a hablar, apareció la madre.

—¿Dónde está Beta? —preguntó la mujer al entrar.

—Está... frente a usted, señora.

—Ella no es Beta.

—¿Cómo que no es Beta? —exclamó la profesora—. Si la traje yo misma hasta acá.

—¿Cysgod? ¿Sos vos? —preguntó la madre.

La chica le dedicó una mirada sombría.

—No, Cysgod, no otra vez. Vamos a tener que volver a cambiarte de colegio. Por favor que tu padre no se entere de esto.

—¿De qué está hablando, señora? ¿No ve que esta es su hija? —exclamó la profesora.

—Ella no es Beta. Ella es Cysgod, la sombra. Mire, profesora, Beta tiene una condición muy extraña. Su alma, su ser, como quiera llamarlo, se desdobla cuando alguien está en peligro y una parte de ella queda en el lugar en el que se desvaneció. ¿A dónde fueron?

—Al Salón Infinito —murmuró la profesora.

—¿Justo al Salón Infinito? Esto es peor de lo que imaginaba.

—¿Me porté mal, mami? —preguntó Cysgod con fingida inocencia.

—Alguien está en peligro en el Salón Infinito—explicó la madre—. No sé cómo, pero cuando alguien está en peligro, Beta se vuelve incorpórea y establece un lazo con esa persona. Y con nosotros queda Cysgod, que funciona como la voz de los que no tienen voz.

—Su hija solo se desmayó, señora —deletreó la profesora.

—¿Sabe qué? Tiene razón. Mi hija solo se desmayó. Creo que es mejor pensarlo así. Pero solo para estar seguros, dígame ¿cuántos años le faltan para jubilarse?

—Ocho, ¿por qué?

—Bueno, hagamos esto: yo le pago de inmediato su sueldo por los próximos ocho años, o mejor le duplico el sueldo de los próximos ocho años y usted, a cambio, abandona la escuela y nunca menciona este incidente. ¿Le parece bien?

—Supongo que sí —calcula la profesora con un viaje al Caribe en la mirada.

—Ahora, profesora, si me permite, tengo que ir a un lugar abierto para darle espacio a mi hija para que se abra paso hasta que vuelva a su cuerpo. Y recuerde: esta charla nunca existió. Mi marido no puede enterarse de este pequeño accidente.

—¿Quién es su marido?

—¿No se había jubilado usted? ¿Qué hace todavía en la escuela? Cysgod, nos vamos.

—Sí, madre —dijo Cysgod, que, en lugar de caminar, levitaba a unos centímetros del suelo.

Ya afuera, le preguntó a su madre:

—¿Por qué no querés que la gente sepa de mí? ¿No te gusta que tu hija sea una Singular?

—¡Shht! —la calló la madre—. No digas esa palabra.

—¿Por qué?

—Porque nadie quiere a los Singulares, Cysgod.

—Nadie nos conoce, madre. Por gente como vos, que nos mantiene escondidos.

—Entrá al auto y vamos a ver cómo ayudar a tu hermana.

—Sí, rescatemos a la buena de Beta, que ella no te da vergüenza. Y haceme un favor, prestame tu celular que quiero saber quién es ese Isaías al que mi hermanita quiere salvar.

6.

SINGULARES

El primer video viral de Izzy fue subido hace dos años y trata justamente sobre los Singulares. Nadie hasta ese momento había hablado de ellos. El video empezaba con una sucesión de rostros que no parecían tener un patrón en común: había jóvenes, ancianos, algunos saludables, otros frágiles, flacos o gordos, mujeres de expresión severa y niños de aspecto desvalido. El rostro de Izzy apareció en el centro de la pantalla para decir:

—No tienen poderes, tampoco podríamos decir que tienen enfermedades. La única forma de explicar la condición de estas personas es llamarlas singularidades. Les pasa algo único, irrepetible, algo singular que, en este mundo siempre atento a los superpoderes, al éxito y a los logros, nadie ha notado. Nadie sabe cuántos son, qué pueden hacer ni desde cuándo existen. Pero si de algo estoy seguro es que tenemos que protegerlos.

Los Singulares fueron discriminados, perseguidos, incluso aislados. Los tratan de anómalos, de errores, de aberraciones. Tenemos que verlos con otros ojos, entenderlos como lo que en verdad son: un síntoma que nos muestra lo frágil que es nuestro mundo.

Junto a Izzy apareció el rostro pálido y ojeroso de un hombrecito delgado que parecía interpelar al público con una media sonrisa.

—Este que ven es el primer singular del que tenemos noticias. Lo encontraron en la guardia de un hospital de Jujuy. En su pueblo, él nació en Tumbaya, era conocido como Barrabás el Empático. Decían que tenía poderes sanadores, pero su forma de sanar era extraña. Si Barrabás toca a alguien, por un día asimila sus males, sus dolencias. Durante años, Barrabás intentó ayudar a la gente y usó su poder en una pequeña capilla perdida entre los pueblos de Volcán y Tumbaya, en la quebrada de Humahuaca. Nadie lo podía creer: entraba a la capilla un chico inválido, un anciano agonizante o una mujer ciega y salían intactos. El rumor corrió rápidamente. Vinieron personas de distintas partes del país, atraídos por la historia del sanador de Tumbaya. La decepción de quienes descubrieron que la supuesta sanación duraba solo un día y que solo funcionaba una vez por persona fue tan grande que le pusieron un precio a la cabeza del pobre Barrabás, que tuvo que escapar de su pueblo natal, como si se tratara de un ladrón. Barrabás escondió su condición por años. Lo descubrieron porque un día lo usó para darle a su agonizante madre un día de salud. La mamá de Barrabás usó ese día para cuidar a su hijo y al día siguiente murió.

Isaías se puso serio y concluyó:

—A los Singulares no los van a ver en los noticieros porque nadie quiere mostrarlos. La mayoría de ellos son pobres, no tienen empleo, son expulsados de los colegios, los dan en adopción o los abandonan. Un Singular es un paria, un desclasado, un error en el sistema. Es la variable que sobra en la ecuación de la sociedad perfecta, justamente porque muestra que esa ecuación no es perfecta. Nuestra sociedad es un barco que hace rato que se está hundiendo y les aseguro que no hay botes para salvar a todos. Me despido con este último consejo: aprendan a nadar antes de que venga el tsunami.

El logo del canal de Isaías apareció junto a una campanita y el ícono del me gusta.

—Si quieren abrir los ojos y saber más sobre los Singulares, denle clic al *like*.

7.

EL KRAKEN

Cysgod siguió explorando los videos de Isaías, hasta que llegó al último publicado. El video refería a la batalla que mantuvieron los Infinitos contra el Kraken. Los noticieros de todo el mundo mostraban por esos días cómo, en distintas ciudades, las bocas de tormenta desbordaban de un líquido rojizo y expulsaban restos de fauna marina. Algunos creyeron que era parte del calentamiento global, una consecuencia del derretimiento paulatino de los polos, pero los Infinitos no quisieron arriesgarse y, con la tecnología de la bella y astuta Look Ahead, lograron georreferenciar el origen del disturbio en cuestión de minutos.

En una breve conferencia de prensa, Alpha Omega, el líder de los Infinitos, explicó aquel inusual fenómeno:

—Lo que descubrimos, gracias a la experta en mapas Look Ahead, no se limita a aquello que vieron en los noticieros, no. Es mucho más peligroso. Se trata de un monstruo marino que ya destruyó cientos de embarcaciones en los últimos días. La bestia ataca por la noche a los pescadores desprevenidos. Algunos dicen que es un calamar gigante, de unos cincuenta metros, otros dicen que es un pulpo de una fuerza descomunal. Nosotros lo vamos a llamar "Kraken", el terror de los mares. Por suerte, nuestras naves están preparadas para soportar la presión del fondo del mar. Buscaremos al Kraken al norte del Atlántico, en el mar Labrador, cerca de Groenlandia y ahí le daremos fin a su reinado de miedo.

Rayson agregó:

—Todavía no nos sobrepusimos de la batalla contra Sísifo y ya tenemos que salvar al mundo otra vez. Es nuestro deber y lo cumpliremos con honor, porque somos los Infinitos y nuestra misión es proteger a la humanidad.

—Bueno —dijo Vinci impaciente—, terminemos con esto de una vez, que no quiero que esa bestia desagradable ensucie nuestros mares ni un segundo más.

—Infinitos —convocó Alpha Omega—, a nuestras naves.

Los reporteros trataron de sacarles alguna declaración de último momento, pero ninguno tenía la menor idea de qué preguntar. Fueron al subsuelo del Salón Infinito para abordar sus naves. La salida, por cuestiones de seguridad, era secreta. Muchos creen que una de las puertas comunica directamente con el río, y desde allí se internarían en el mar en busca del terrible Kraken.

Minutos más tarde, millones de dispositivos alrededor del mundo comenzaron a seguir la transmisión de esta nueva epopeya. La pantalla se dividía en cuatro: arriba, como siempre, estaba Alpha Omega; en el recuadro de al lado, la elegante Look Ahead, con su inconfundible estilo *steampunk*; y abajo, estaban Rayson, con su distintiva boina y su chaleco militar, y Vinci, que miraba a cámara mientras decía:

—Vamos a limpiar el mar de esta inmundicia.

Durante los primeros minutos, se cruzaron ante las cámaras algunos cardúmenes de peces, pasaron cerca de un colorido arrecife; todo era muy apacible. Tal vez demasiado apacible, porque pronto comenzaron a bajar las visualizaciones de la misión, que se hacía más larga de lo que aguantaba la audiencia. De pronto, un tiburón se acercó a la nave de Rayson y le lanzó un mordisco que cubrió la cámara. Estaba atacando su nave, probablemente confundiéndola con una presa. Comenzó a sacudirla. Otros dos tiburones se sumaron al ataque. De inmediato, las vistas volvieron a subir. Varios noticieros comenzaron a emitir el ataque en vivo.

—¡Déjenme en paz! —gritó Rayson iracundo— y lanzó una descarga que dejó atontados a los tiburones.

—Con eso debería bastar —dijo Alpha Omega, pero el primer tiburón aparentemente enfurecido se lanzó hacia la nave de Look Ahead.

—Ah, no. Con la chica no —gritó Rayson y le lanzó un misil que lo hizo estallar frente a la cámara de su compañera. Los que seguían la misión desde dispositivos 3D podían ver cómo flotaban los pedazos de tiburón.

Todos alrededor del mundo aplaudieron la proeza. Todos excepto unos pocos ambientalistas que veían en esa incursión una invasión al hábitat de los tiburones y trataron de postear algo referido a la defensa de los animales. Esas cuentas fueron bloqueadas de inmediato.

Pasado el susto, la misión submarina continuó. A Alpha Omega le sorprendió no haberse encontrado con otras criaturas. Entonces Look Ahead explicó:

—Es que en verdad es poco lo que sabemos del lecho submarino. Hasta el año 2017 nadie se había tomado el trabajo de mapear lo que hay debajo de la superficie. Desde chicos usamos mapas en los colegios, con sierras, montañas, desiertos, pero de la superficie del mar para abajo, nada. Solo un homogéneo color celeste. Exploramos el espacio en busca de planetas habitables, cuando tenemos cerca de un 70% del planeta bajo el agua. ¿Se imaginan la cantidad de ciudades que podríamos construir? Es como Colón antes de descubrir América —se entusiasmó Look Ahead—. Y solo una empresa, la Nippon Foundation, se está tomando el trabajo de elaborar una carta batimétrica para conocer el lecho marino.

Apenas dijo esas palabras, las acciones de la Nippon Foundation subieron un 450%.

—No hay criaturas —dijo Look Ahead— porque estamos en una zona del mar llamada anóxica. En esta zona, el oxígeno está diluido y no sería raro encontrar embarcaciones de cientos o incluso miles de años, conservadas en perfecto estado, como si estuvieran naturalmente momificadas.

—Wow —dijo Vinci con sarcasmo—, no sabía que nuestra misión se iba a convertir en un programa de la National Geographic. Alpha Omega le dedicó una mirada de reprobación y, cuando estaba por comenzar a hablar, un calamar gigante salió de una cueva del lecho marítimo, aprisionó la cabina de Vinci y comenzó a presionarla.

—¡Vinci! —gritó Rayson dándole más dramatismo al momento.

—¡Me va a aplastar con sus tentáculos!

—Son brazos —dijo Look Ahead con serenidad—. Si ves las ventosas, están a lo largo de todo el brazo, los tentáculos solo tienen ventosas en las puntas, pero claro, vos no sos de ver National Geographic.

Alpha Omega se puso un casco y abrió la cabina de su nave.

—¿Qué hacés? ¡Salí de ahí! —exclamó Rayson—. El Kraken te puede ver.

—Es la idea —dijo Alpha Omega y golpeó con una vara de metal su nave. El tañido llamó la atención de la bestia, que giró hacia Alpha Omega—. No te tengo miedo, Calamardo.

El Kraken se impulsó hacia el líder de los Infinitos, pero este activó un látigo láser que cortó a la bestia en dos de un golpe.

—Todo muy lindo y muy conveniente —diría más tarde Isaías desde su canal—. La animación que usaron para la muerte del Kraken es formidable, pero ¿nadie se preguntó si un láser puede funcionar bajo el agua?, ¿no debería perder potencia el rayo o dispersarse, no herviría el agua con su contacto? ¿Podía Alpha Omega con ese simple casco soportar la presión del lecho marino? Yo creo que todo es CGI y que nos acaban de vender, una vez más, pescado podrido.

Los comentarios no se hicieron esperar:

"Andá, salame, ¿porqué no te tirás vos también al fondo del mar y nos dejás de joder?"

"Te fuiste al carajo, Isaías. Los Infinitos protegen el mundo y vos no sos capaz de decirles gracias. Malagradecido".

[Dirección IP localizada. Proceder a la detención del ciudadano Isaías Feltner]

La transmisión se cortó de inmediato.

—Fuiste un chico malo, Isaías Feltner —susurró Cysgod—. Dijiste la verdad en un mundo que prefiere vivir sumido en la mentira, igual que mi madre.

—¿Dijiste algo, Cysgod?

31

—Que te quiero, madre —dijo Cysgod, que obtuvo una incómoda mueca como respuesta—. Bueno, vamos al descampado para buscar a Beta, así te quedás tranquila y yo no te molesto más. Vamos a ver si ayudamos a este chico.

8.

BOOGIE HUNTER Y LA PARQUITA

Nadie en su sano juicio envidiaría la singularidad de Tim Darkton, el Boogie Hunter, ese delgado muchacho de Burbank, California, que llevaba años escapando de la gente. En Estados Unidos, los padres amenazan a sus hijos con la llegada del Boogie Man si se portan mal. El Boogie Man, conocido aquí como "el Hombre de la Bolsa", aparece en las pesadillas. Tim Darkton es el extremo opuesto: absorbe las pesadillas de quienes lo rodean. Cuando era chico, eso le parecía muy *cool*. Le quitaba los malos sueños a su temeroso hermano Daniel, para que durmiera como un ángel. Cada mañana, cuando Tim contaba sus pesadillas durante el desayuno, los papás, orgullosos, le agradecían al gran Boogie Hunter.

Con el pasar de los años, su radar de pesadillas se amplificó. La noche se convirtió en un tormento para él, así que, apenas tuvo la edad suficiente, tomó una mochila y comenzó a viajar por los lugares menos poblados del mundo. El primer lugar que visitó fue la Costa de Labrador, en Canadá. Se maravilló por sus montañas enormes y los ríos sinuosos. Luego subió hasta Alaska, casi sin interactuar con otros humanos. Ver las auroras boreales fue un espectáculo fascinante, pero no soportó el frío del invierno y cambió su destino. Trató de vivir un tiempo en el desierto de Gobi, en Mongolia, pero el clima allí era todavía más hostil. Disfrutó de los atardeceres a la orilla del río Okavango, en Namibia, y recorrió parte del Tíbet sin mayores contratiempos. No era extraño, entonces, encontrarlo en un pueblo fantasma del Estado de Guerrero, en México. Llevaba unos días entre casas derruidas y paisajes desérticos cuando llamó su atención un anciano sentado junto al cuerpo sin vida de una chica que llevaba unos jeans y una remera gastada con el logo de la banda Molotov.

—¿Esa chica está...? —comenzó a decir Boogie Hunter.

—Sí, está muerta —le dijo un hombre casi con aburrimiento.

—¿Y por qué está tirada en la calle? ¿No cree que puedan venir las aves de rapiña?

—Sí, podría haberle puesto algo encima —dijo el anciano casi resignado—, pero no me dio la gana.

—¿Y la va a dejar ahí tirada así nomás? —se preocupó el chico.

—Ya se le va a pasar —lo serenó el hombre.

En ese instante, la chica se despertó.

—Buen día, Parquita —le dijo el hombre sin mayor sorpresa.

—Buenas, don Ernesto, ¿me morí otra vez? —preguntó la chica.

—Pues sí —Don Ernesto alzó los hombros.

—Justo que tenía examen en la prepa, en la ciudad —se quejó la chica.

—No te preocupes, ya avisé a tus maestros y te entienden. En unos días podrás dar el examen.

—Ay, gracias, don Ernesto. Y perdón por la molestia.

—¿Escuché mal o dijiste que te moriste otra vez? —intervino Boogie Hunter.

—¿Y este gringo quién es? —le preguntó la chica al señor.

—No sé. Un escuincle que pasaba por aquí.

—¿Moriste varias veces? —preguntó Boogie Hunter intrigado.

La chica y don Ernesto sonrieron.

—¿Pues por qué cree usted que la llamamos La Parquita? Si esta niña se murió tantas veces que ya perdí la cuenta.

—Nací muerta —explicó la chica, todavía sentada en la calle—, ya me iban a llevar a la morgue cuando de pronto me desperté. Nadie podía creerlo. Todavía recuerdo el aroma de mi mami cuando me tuvo en brazos. Ella murió unos días después. Nadie supo por qué. Ella era sana, joven. Tampoco pudieron explicar por qué nací muerta o cómo volví. Algunos doctores me han dicho que sufro de un extraño tipo de catalepsia recurrente, ni modo, me tocó a mí. Este tema de la muerte me complica bastante la vida, déjame decirte.

—Sí —admitió don Ernesto—, pero siempre estoy aquí para cuidar que no le pase nada a mi querida Parquita.

—¿Y cómo es morir? —quiso saber Boogie Hunter.

—La muerte es una hueva —dijo la chica—. Es aburridísimo morirse. Pero al fin que me acostumbré.

—¿Y luego de tus muertes, mueren otros a tu alrededor, como le pasó a tu madre?

La chica se quedó descolocada por la pregunta del muchacho. Don Ernesto se apresuró a decir.

—Siempre muere gente en los pueblos, sobre todo en esta zona. Pero nuestra Parquita no tiene nada que ver con eso, ¿me entiende?

La chica parecía repasar mentalmente sus muchas muertes.

—Doña Julia; Clarita, la hija de los Ramírez; la Titi —empezó a hacer memoria la chica—, todas ellas murieron poco después de mí. Lo recuerdo porque fui a sus entierros desorientada, recién vuelta a la vida. ¿Usted cree que yo las maté?

—No mataste a nadie, Parquita —le dijo don Ernesto de manera afectuosa—. Fueron esos femicidas.

—Nunca había unido mis episodios con las otras muertes —dijo ella con asombro—, pero de veras tiene sentido.

—Lo que yo creo —arriesgó Boogie Hunter— es que sos como un imán de muertes. De alguna forma, distraés el rumbo de la parca y tomás prestada la muerte de los demás por un rato, les das un tiempo más de vida.

—Ya me molestaba bastante morirme todo el tiempo para saber que mi muerte anuncia otra cercana.

—¿Oíste hablar de los Singulares? —preguntó Boogie Hunter—. Hace poco vi un video de un chico de Argentina, Isaías se hace llamar, que asegura que hay muchos Singulares en el mundo. Tal vez nosotros seamos eso.

—¿Y tú qué haces? —quiso saber La Parquita.

—Absorbo pesadillas —dijo Boogie Hunter.

—No deberías estar cerca de mí —le advirtió La Parquita—. Mis pesadillas no son algo que quieras absorber.

—¿Y qué tal si en vez de escapar vamos en busca de Singulares? Tal vez podamos ayudar a otros como nosotros —dijo Boogie Hunter.

—¿Y si empezamos por ese chico Isaías?

—No es una mala idea. Hace mucho que no sube contenido nuevo —acordó Boogie Hunter—. Espero que no le haya pasado nada malo.

—Pero, ¿tienes forma de llegar hasta él?

—Tengo un viejo amigo allá en Argentina que nos podría contactar con él.

—Muy bien. Voy contigo, chico pesadilla —dijo La

Parquita—. Don Ernesto, ¿será tan amable de llevarnos al aeropuerto de Acapulco?

—M'hija, está como a cuatro horas de aquí —se quejó el anciano.

—Piense que ya no se va a tener que preocupar más por mí.

—Siempre fue un gusto cuidarte, Parquita. Pero si crees que este Isaías tiene las respuestas que buscas, con gusto te ayudaré a encontrarlo.

—Bueno, Boogie Hunter. ¡A la aventura!

9.

CONEXION

—¿Dónde estoy? —preguntó Izzy en medio de la oscuridad.

—No estás en ningún lado —le dijo Beta—, o estás en dos lugares a la vez. Depende cómo lo mires. A tu cuerpo lo están torturando en el quinto subsuelo del Salón Infinito. Yo separé a tu cuerpo de tu espíritu y estamos tratando de salir del edificio —le explicó Beta—.Vos seguime que va a estar todo bien.

—¿Sos un fantasma?

—No, soy una Singular. Mi alma y mi cuerpo se desdoblan cuando alguien está en peligro.

—Bueno, suerte que te encontré —celebró Izzy.

—Cysgod, ¿ya estás conectada con Beta? —preguntó la mamá al ver a su hija caminar a tientas en medio de un descampado al que la llevaba cada vez que sucedía un episodio como aquel.

—Tenemos que subir —dijo Cysgod con la voz de Beta—. ¿Subir? ¿Segura? —agregó con otra voz, más grave, similar a la voz de Izzy.

—¿Dónde andás, hija? —preguntó la madre mientras veía flotar a Cysgod a cinco metros de altura. En el aire, la vio correr, girar, recoger sus piernas y hacerse un ovillo, hasta que al fin se quedó sentada. Permaneció así, suspendida en el aire.

—Ahora nos quedamos quietos —le dijo el espectro de Beta a Feltner—. Ya logramos rescatar una parte. La otra quedó abajo.

—¿Qué cosa quedó abajo? —le preguntó Izzy confundido.

—Tu cuerpo, Einstein. Quedó abajo, encerrado.

—¿Y qué va a pasar con él?

—Un cuerpo sin su espíritu se suele confundir con un cuerpo muerto. Nadie quiere conservar un cuerpo muerto y nadie que haya matado a una persona conserva la evidencia.

—¿Entonces esperamos? —preguntó Izzy.

—Sí. Tarde o temprano va a salir una camioneta o un vehículo en el que van a llevar tu cuerpo a algún lugar para desecharlo. En ese momento te vas a volver a reunir con tu yo físico. Cuando eso pase, va a terminar nuestro contacto y yo voy a poder volver a mi cuerpo.

—¿Por qué hiciste esto? —quiso saber Izzy.

—No lo elegí. Nunca lo elijo. Solamente presiento quiénes están en peligro y una parte de mí es traccionada hacia ellos, para guiarlos.

—No quiero que dejemos de vernos —le dijo el chico—, tenés una singularidad que puede ayudar a muchas personas. Yo te puedo enseñar a controlarla o a comprenderla mejor. Estudié mucho sobre el tema.

—No sé si es el tipo de cosas que quisiera hacer todos los días. Nunca pensé que en el Salón Infinito encontraría a una persona en peligro.

—Esos supuestos héroes no son lo que parecen —advirtió Izzy—Alguien tiene que detenerlos.

—Los planes imposibles nunca terminan bien —susurró Beta y de pronto levantó la vista—. Mirá, ahí, en el baúl de ese auto se llevan tu cuerpo. Subamos.

El cuerpo de Cysgod comenzó a alejarse a gran velocidad por encima de las copas de los árboles.

—¡Ay, carajo, se me escapa! —gritó la mujer al ver a su hija alejarse.

Durante varias cuadras la mamá de Beta la siguió a gran velocidad. Continuó la persecución de manera errática hasta que de pronto Cysgod se detuvo en medio de un campo de trigo.

—Me da un poco de impresión ver mi propio cuerpo —dijo Izzy en el estrecho baúl del auto.

—Sí, no es fácil acostumbrarse. Y mirá cómo te dejaron. Te dieron una linda paliza.

—No sé por qué me hicieron esto.

—Porque decís la verdad, supongo. Mucha gente debe pensar como vos y te deben considerar un peligro.

—¿Vos creés? Yo siento que todos me bardean. No me imaginaba que alguien me pudiera tomar en serio.

—Izzy, gracias a vos yo entendí quién soy. Nadie me había dicho que yo era una Singular hasta que vos lo hiciste. Vos podés conectarnos. Nuestros padres nos esconden, nos invisibilizan. Mi papá ni siquiera sabe lo que me pasa y mi mamá hace lo imposible por esconderlo. Nos estás dando un nombre, Izzy, una identidad. Es muy importante lo que hacés.

—¿Te cuento una teoría que todavía no le dije a nadie?

—Dale, que tu cuerpo de acá por ahora no se mueve —bromeó Beta.

—Claro. Mi idea es esta: los humanos somos, como sabrás, de las criaturas más frágiles que hay en el planeta, sin alas, garras ni corazas. En un mano a mano con cualquier animal salvaje, nos hacen bosta. El tema es que, en esta época de tanta desigualdad, expuestos a condiciones tan extremas, los más débiles, los más sufrientes, dieron un salto evolutivo, adquirieron habilidades que les garantizaron su supervivencia. Muchos dicen que fue por los transgénicos que pusieron en los alimentos de los países más pobres, y allí empezaron las mutaciones que dieron pie a las singularidades. Pero yo quiero creer que hay más detrás de eso, una especie de justicia poética que nos dio algo que ellos no pueden tener. Los Singulares existen porque existe la injusticia, porque los ricos son cada vez más ricos y los oprimidos cada vez más oprimidos. Somos la cicatriz que muestra cuánto nos han dañado. La gran pregunta es, ¿quién va a ganar la carrera en el largo plazo?

—¿Vos creés que los Infinitos quieren ocultar esa verdad?

—Bueno, estamos en el baúl de un auto con mi cuerpo torturado, ¿no?

De pronto el coche se detuvo.

—Llegamos —anunció Beta.

Miró hacia afuera y vio unos tupidos pastizales, a pocos metros escuchó el oleaje del río.

—¿Y ahora qué hacemos? —preguntó Izzy.

—Ahora tenés que estar atento. Cuando se quieran deshacer de tu cuerpo, nos lanzamos hacia él, retomás el control de tus movimientos y te escapás.

—Gracias por haberme salvado. Quisiera poder retribuirte de alguna manera.

—Vos seguí ayudando a los que son como yo y con eso quedamos a mano.

—Contá con eso. De alguna manera vamos a seguir conectados —sonrió el chico.

—Seguro que sí. Te mando un mensaje en tu próximo *streaming* y me contás cómo sigue todo.

El conductor del auto detuvo el motor. Salió, miró a su alrededor y se dirigió al baúl. Volvió a confirmar que no hubiera nadie cerca.

—Bueno, momento de volver a tu cuerpo. Fue un placer conocerte, Izzy —dijo Beta.

Isaías flotó hasta su cuerpo, se miró de cerca con la extraña sensación de no reconocerse. Se aproximó de a poco hasta que tocó la punta de su nariz y siguió su descenso. Lo sorprendió sentir un leve cosquilleo en el pecho. Trató de acostumbrar su vista a la oscuridad del baúl. Respiró en silencio, sintió dolor en los brazos y en las piernas; realmente le habían pegado como para matarlo. El nexo con Beta se hacía a cada instante más débil.

—Te pierdo, Beta.

—Sigo acá —dijo, pero ya se desvanecía.

Solo tenía que hacerse el muerto por un momento, hasta que lanzaran su cuerpo al río. Izzy era un buen nadador, algo que ahora le agradecía a su madre.

—Ya casi, ya casi —le dijo Beta a Izzy para darle ánimo.

El conductor insertó la llave en la ranura del baúl.

Beta quería presenciar los últimos momentos, pero la conexión entre ellos se desvanecía.

—Vamos, solo un segundo más, Izzy. No podés equivocarte ahora. Quedate quieto y vas a estar bien —lo alentó Beta.

¡Clack! Escuchó Izzy horrorizado.

—¡Rompió la llave! —gritó Cysgod que flotaba a unos cinco metros de altura de su mamá, que la esperaba con los brazos extendidos—. ¡Salí de ahí, Izzy! ¿Me escuchás? ¡Tenés que salir! —gritaba Cysgod. La mamá la veía gesticular con desesperación sin poder hacer nada para ayudarla.

El conductor del auto abrió la puerta trasera. Sacó un taco de madera con el que trabó el acelerador y una escoba con la que mantenía apretado el freno. Arrancó el motor, los neumáticos comenzaron a chirriar. En un solo movimiento, el hombre quitó la escoba y vio cómo el auto saltaba al vacío.

—¡No! ¡No! ¡Lo maté! —gritó Cysgod y de pronto se desplomó, como desmayada, para caer en brazos de su madre.

—Ya estás a salvo, hija.

—Lo llevé a su propia muerte, mamá —lloraba Beta apoyada en su pecho—, lo dejé morir. Era el único que nos podía salvar y yo lo maté.

10.

SAMANTHA OFFENGEIST

—¿Nombre? —preguntó un hombre de expresión severa detrás de su escritorio.

. —Samantha. Samantha Offengeist —dijo la joven tratando de acomodarse en el asiento, con la mirada hacia abajo y mordiéndose los labios.

—¿Está nerviosa? —miró de reojo el hombre.

—Un poco, sí —admitió Samantha con timidez.

—No tenés por qué —trató de serenarla—. Tu currículum es muy impresionante. Hablás cuatro idiomas, manejás una gran cantidad de sistemas informáticos, tenés un posgrado y tenés, ¿cuánto?, ¿diecinueve años?

"Que no se dé cuenta", escuchó el hombre en su cabeza. La sensación le resultó extraña, pero no le dio mayor importancia.

—Ahora, ¿puedo preguntarte por qué toda tu educación es virtual?

—Falta de tiempo —se apresuró a decir Samantha.

"No puedo interactuar con las personas", escuchó en su mente el hombre con perfecta nitidez.

—¿Te puedo decir algo gracioso? —preguntó el hombre.

—Sí, ya lo sé —se resignó Samantha, que se veía venir otra entrevista laboral frustrada—, siente que me está leyendo la mente, ¿verdad?

—¿Te dicen esto muy seguido?

Samantha permaneció en silencio.

"Todo el tiempo", escuchó en su cabeza el hombre mientras veía a la pobre chica al borde del llanto.

—Tengo una extraña condición, señor. Mi mente es un libro abierto. A quién no le gustaría ser telépata para leer las mentes de los demás, ¿verdad? —rio Samantha—. Bueno, a mí me pasa al revés. Todos pueden leer mi mente.

—¿Y ya tuviste muchas entrevistas laborales?

Samantha lo miró y dejó que su mente hablara por ella: "Incontables".

—¿Y por qué elegiste buscar trabajo en una funeraria con todos los conocimientos que tenés?

—No sé. Supongo que es un lugar donde no hay mucha oportunidad para mentir.

—Mirá, hagamos un recorrido. —El hombre le sonrió a Samantha y se puso de pie.

—Bueno —dijo Samantha con entusiasmo.

—Parate acá. Vos vas a ser una clienta que acaba de perder a su marido y yo voy a ser vos —dijo el hombre mientras se colocaba detrás del atrio en el hall de bienvenida.

—Buenos días —ensayó Samantha—, necesitaría de sus servicios. ¿Se les dice servicios, no?

—Buenos días. Ante todo, lamento su pérdida.

—Gracias.

—En realidad no lo lamento —dijo el hombre con un dejo de maldad—. Planeo sacarle por lo menos doscientos mil pesos en menos de una hora porque hoy quiero salir temprano.

—¿Cómo? —se sorprendió Samantha, pero el vendedor no le dio tiempo de reaccionar.

—Por favor, sígame. Vamos a empezar por los ataúdes

—dijo y acompañó a Samantha a una sala llena de cajones de diversos tamaños y maderas.

—¿Tiene un presupuesto estimado? —preguntó el hombre recorriendo el salón, jugueteando con las manijas de uno de los cajones, mostrando la cruz de uno, la estrella de David en el otro.

—Algo sencillo —dijo Samantha. "El funeral de mi mamá fue muy sencillo. Vino poca gente, nadie se acercaba a mí. Tuve que contratar a tres personas para que me ayudaran a cargar el cajón. A veces quisiera matarme".

—Bien. Algo sencillo —dijo el hombre fingiendo no haber escuchado lo que pensaba Samantha—. La verdad es que exageramos la diferencia entre este y los demás cajones para que se sientan culpables de querer elegirlo. Todos valen lo mismo. Y lo mejor de todo es que se reciclan. ¿Sabía usted que si crema a su familiar nosotros recuperamos el ataúd? Tenemos que sobornar al Municipio, pero vale la pena. Se lo ofrezco por veinte mil, aunque a mí no me haya costado más de mil y lo tenga perfectamente amortizado. Por favor, ahora acompáñeme a los salones, tenemos tres. El primero, como verá, tiene extensos ventanales, está adornado con colores sutiles y aplicaciones cuidadas. El Salón Magnus es el más caro de todos y es apenas más espacioso que los demás, con un sillón largo y mullido que genera una sensación de confort en las personas. El segundo salón tiene un patio interno con una fuente que nos robamos de una obra que estaban por demoler y dos bancos de plaza. Y por último, está el del fondo, de colores chillones, luces rojas como de albergue transitorio y sillones de cuerina barata. Nos tomamos el trabajo de poner los peores muebles que encontramos para disuadir a los clientes de elegirlo. Tiene, obviamente, menos metros que los demás. Y usted se preguntará ¿por qué lo tenemos? Sencillo, en la web promocionamos el servicio completo basado en lo que cuesta esta pocilga, pero ¿quién quiere traer a sus familiares, al jefe del difunto o a esa cuñada con la que se miden las billeteras a este salón? ¿Me entiende?

—Ya entendí su punto —dijo Samantha con tristeza.

—Los arreglos florales son una estafa, lo del coche fúnebre, es mi sobrino que trabaja de chofer para nosotros. Tuvo que irse a provincia a conseguir un registro trucho porque no sabía ni hacer la marcha atrás. ¿El gestor? Nada más inútil que un gestor, si de todas maneras tiene que ir un familiar a certificar el deceso. ¿Y sabés por qué hacemos todo esto, Samantha? Porque sabemos lo que es el dolor, lo conocemos de memoria, es nuestro mayor insumo. Las personas que perdieron a alguien quieren sacarse ese día de encima. Entonces, ¿qué cambia si primero el tipo me dijo doscientos mil y ahora son trescientos mil? Todos quieren escapar con vida de la muerte. ¿Facilidades de pago? ¿Para qué? ¿Quién quiere pasarse un año pagando unas cuotas que nos van a recordar a la persona que se murió? Tres cuotas y de paso te cobro intereses.

"Por favor, me está haciendo mal". Samantha se sintió al borde de la humillación.

—No. No te estoy haciendo mal, te estoy tratando de dar una lección. La culpa no es tuya por tener la mente abierta, la culpa es nuestra porque somos una mierda. Buscá algo relacionado al teletrabajo, un *call center*. Samantha, grabate esto: todo lo malo que puedas esperar de la humanidad es poco, alguien como vos tiene que escapar de la gente. Los que son como vos, los Singulares, están en peligro y lo mejor que pueden hacer ahora es esconderse.

"Yo solo quiero que alguien me acepte", pensó Samantha, sin mover sus labios. Dio media vuelta y salió. El día estaba precioso, al sol no parecía importarle lo que pensara la pobre Samantha Offengeist.

11.

QUEEN SIZE

—Buenos días, les habla su capitán a bordo, nos aproximamos a la Ciudad de Buenos Aires, la temperatura actual es de…

—Ah, qué bien dormí —exclamó La Parquita desde su asiento.

—Sí, lo sé —dijo Boogie Hunter—. Por lo visto tenés un sueño recurrente de quedar enterrada viva.

—¿Anoche también? Perdón, espero no haberte asustado.

—Ya estoy acostumbrado. Son solo sueños. Tu última pesadilla me llamó la atención. Había un chico que era lanzado al río dentro del baúl de un auto mientras una fantasma muy hermosa trataba de rescatarlo, pero como ella no tenía cuerpo, no pudo salvarlo.

—¿Una fantasma muy hermosa? —sonrió La Parquita—. Lo siento Boogie, pero ese sueño no es mío, te estarás confundiendo con otra.

—¿De quién fue, entonces? —se preguntó Boogie Hunter y miró a su alrededor—. Nadie más tuvo pesadillas en este avión. Excepto ese gordito de allá que tiene pesadillas con un mundo dominado por las Bitcoins.

—Tal vez captaste el sueño de alguien que estaba justo abajo nuestro —arriesgó La Parquita mientras veía por la ventanilla las luces de la ciudad, a orillas del río.

—Pero estamos volando a más de 10.000 metros de altura, nadie tiene una mente tan poderosa.

—Pudo ser un pedido de auxilio.

—Pedimos a los señores pasajeros que se abrochen los cinturones, ya que en breves instantes iniciaremos el descenso —anunció el piloto.

—Muy bien —dijo Boogie Hunter mientras se acomodaba en su asiento—, ahora vas a conocer a mi amigo Walter, que quedó en venir a buscarnos al aeropuerto. Él nos va a ayudar a encontrar a Isaías.

Una inusitada cantidad de personas se agolpaba en la puerta de llegada de los vuelos internacionales en el aeropuerto de Buenos Aires, Ministro Pistarini. Impacientes, algunos comenzaban a aplaudir, otros trataban de buscar a algún responsable con quien desquitarse, aunque la mayoría seguía las novedades a través de sus celulares. Todos los vuelos estaban demorados.

—No entiendo —dijo una viejita con un ramo de flores en la mano—, si el día está hermoso. ¿Por qué tardan tanto?

—Seguro que es culpa del gobierno —opinó uno con cara de asco.

—Para mí que son los del gremio —lo apoyó otro—, esos son todos ladrones y tienen unos sueldos que ni te cuento.

—Seguro que son los de la aduana —conjeturó una señora que había llevado a su perro caniche al aeropuerto—, esos se cagan en nuestro tiempo. Y ese semaforito de mierda seguro que está trucado.

—Ay, me van a matar —dijo Walter, que tenía puesta una llamativa peluca roja, los ojos delineados como si fueran un antifaz de fuego, las pestañas gigantes y un ceñido vestido de lentejuelas—, pero creo que puede ser culpa mía.

—¿Cómo va a ser culpa suya, hermosa? —dijo la viejita mirando el cartel que sostenía la drag queen con la leyenda "Tim Darkton (Boogie Hunter)".

—Lo que pasa es que tengo una singularidad. Cuando me pongo nerviosa hago que todo lo que está a mi alrededor suceda muy lentamente.

—Sí. Todos andamos demasiado rápido, ¿no es cierto? —reflexionó la viejita sin perder la paciencia—. Tal vez no esté tan mal frenar un poco. ¿Cómo te llamás, querida?

—Walter, pero puede llamarme Queen Size —dijo con una sonrisa.

—¡Ay, qué divertido! —celebró la anciana—. Quiero que mi nieta te conozca.

—¿Así que esto es tu culpa? —se enfureció un grandulón que escuchaba la conversación—. ¿Y si te saco la peluca a las piñas, marica?

—Yo no lo intentaría si fuera vos —le recomendó Queen Size sin perder la calma.

El hombre trató de golpearla, pero de pronto se vio sumido en una temporalidad todavía más lenta que la de quienes lo rodeaban.

—¡Qué se joda! —dijo la viejita.

—Pobrecito —se compadeció Queen Size—, va a tardar como una semana en completar ese golpe.

Con más de cuatro horas de demora, las puertas se abrieron y apareció Boogie Hunter junto a La Parquita.

El Boogie Hunter buscó entre la gente a su amigo y pasó al lado de Walter sin reconocerla.

—¡Timoteo Darkton! —gritó Queen Size—. Llamando a Timoteo Darkton.

El Boogie Hunter se dio vuelta y reconoció a su amigo.

—¿Walter?

—¿Qué hacés, bello, tanto tiempo? ¿Sorprendido? Tu querido Walter se transformó en la Drag con más onda del conurbano.

—¡Qué buena onda! —exclamó La Parquita.

—¿Cómo anda la mexicanita linda? Vos debés ser La Parquita.

—Pues yo bien, un gusto en conocerte. Estás que deslumbras.

—Gracias, mi vida. Podés llamarme Queen Size. Porque soy grandota y relajada.

—¡Chido! —festejó La Parquita.

—Qué bueno verte —sonrió Boogie Hunter y de pronto descubrió junto a él a un hombre paralizado en posición de ataque—. ¿Otro de tu club de fans, querida?

—Sí, no pude controlarlo —fingió lamentarse Queen Size.

—Cuando se entere del tiempo que perdió por querer lastimarte va a pensar dos veces antes de hacerse el matón.

Queen Size tomó la valija de La Parquita con diligencia y se dirigieron al estacionamiento.

—Tienen que conocer mi nave —dijo Walter con emoción.

A unos metros vieron un hermoso Toyota Prius con los colores de la bandera arcoíris y una patente que decía MOSTRA.

—Belleza en estado puro —dijo La Parquita.

—Es un auto eléctrico —explicó Queen Size mientras metía las valijas en el baúl—, me lo dio el Gobierno. Quieren mostrar que son *eco friendly, gay friendly, todo friendly*. Y yo agradecida, tengo laburo como remisera, vengo al aeropuerto, paseo a los gringos, les muestro el mundo de locas, glitcheadas, trabas, libres, creativas, valientes y comprometidas. Visibilizo y reivindico al colectivo y gano más plata que con las performances. No me puedo quejar.

Ya en el auto, Boogie Hunter preguntó:

—¿Pudiste averiguar algo de Isaías?

—No. Pregunté por todos lados, pero nadie sabe nada. Es como si se lo hubiese tragado un agujero negro —respondió Queen Size preocupada—. Mirá que yo estoy acostumbrada a que me discriminen. Pero la cosa con los Singulares se está poniendo espesa. Posta que es como el Apartheid esto, corremos con todas las de perder.

Boogie permaneció en silencio mientras La Parquita disfrutaba del paisaje. De pronto, notó que había un auto detenido a la vera del camino. Dentro de él estaba Beta, la chica con la que había soñado.

—Walter, frená —dijo con urgencia.

—¿Qué pasó?, ¿atropellé a alguien?

—Esa chica, es la de la pesadilla.

—¿La hermosa fantasma? —preguntó La Parquita risueña.

—¿De qué me perdí, atorrantas? —preguntó Queen Size mientras detenía el auto al costado del camino.

—Ya vengo —dijo Boogie Hunter.

—Ah, pakis —suspiró Queen Size.

Boogie Hunter corrió hacia el auto, impulsado por una urgencia que no terminaba de explicarse. En el asiento del acompañante, vio a una chica de pelo color rojizo, cuello fino y una piel muy blanca, que parecía dormitar.

—¿Están bien? —se asomó Boogie Hunter.

La madre de Beta lo miró extrañada, pero justo en ese momento la chica despertó.

—No te quise despertar, hija. Hacía tiempo que no dormías tan bien.

—Sí, la verdad —se desperezó Beta—. Dormí como un ángel.

Tim le preguntó:

—¿Beta?

La chica se sobresaltó.

—¿Y este quién es? —preguntó Beta.

—No me conocés —dijo Boogie con timidez—. Me llamo Tim Darkton. Mucho gusto.

Beta lo miró extrañada y le preguntó:

—¿Y vos cómo sabés mi nombre Tim-Darkton-Mucho-Gusto?

Tim bajó la mirada un instante.

—Yo… —dudó un instante— absorbo pesadillas.

—¡Ouch! —le dijo Beta— No te envidio. ¿Así que sos un Singular?

—Sí, y hace unos minutos absorbí una pesadilla en la que aparecías, pero como si fueras un fantasma.

—Cysgod —susurró la madre—. Eso explica que hayas dormido tan bien después de lo que pasó.

—Ay, sí. Qué bien que me vendría dormir cerca tuyo —dijo Beta sin notar el doble sentido.

Tim se puso colorado y la madre le dedicó una mirada asesina.

—Y, don Juan, ¿nos vas a presentar a tu amiga? —dijo Queen Size abriéndose paso.

—¿Queen Size? —exclamó Beta—. ¿Qué hacés acá?

—¿La conocés? —preguntaron Tim y la madre de Beta al mismo tiempo.

—Es LA estrella pop más salvaje y glam que hay, ¿cómo no la voy a conocer? ¿Qué te trae por acá?

—Mi amigo Timoteo dice que sos la chica de sus sueños. Así que tengo que darte mi aprobación.

—Ella es de los nuestros —dijo Boogie Hunter.

—¿Es *de los nuestros*? —se entusiasmó Queen Size.

—Es Singular, quiero decir.

—Ah, "ese" de los nuestros —puchereó Queen Size—. No importa, te quiero igual. Sos una rarita como todos nosotros.

—¿Y qué viste en mi sueño? —quiso saber Beta.

—Tratabas de salvar a un chico que estaba encerrado en el baúl de un auto.

—Sí, a Isaías.

—¿Isaías dijiste? —se alarmó Queen Size—. Llevo semanas tratando de encontrarlo ¿está bien él?

—No, no está bien —comprendió Boogie Hunter—. Ella lo vio morir.

—No pude salvarlo —dijo Beta con lágrimas en los ojos.

—Disculpen —intervino la madre—, pero mi hija tiene una singularidad muy complicada y un padre todavía más complicado y no vamos a poder ayudarlos.

—¿Quién es tu padre? —preguntó Boogie Hunter.

La madre de Beta se apuró en encender el auto.

—Perdón, pero nos tenemos que ir. Fue un gusto.

—Beta —dijo Boogie Hunter mientras el auto avanzaba—. Isaías se sacrificó por nosotros, tenemos que ayudarlo. No te podés ir.

El auto de Beta comenzaba a alejarse.

—¿Y ahora? —preguntó Queen Size—. Se te fue la chica, galán.

—Tenemos que seguirla —dijo Boogie Hunter.

—Uy, qué chido —celebró La Parquita—. ¡Tenemos un *car chase*!

—Decime, Timoteo querido, ¿no te parece que es demasiada casualidad que justo nos hayamos encontrado con la persona que vio morir a nuestro amigo? —le preguntó Queen Size a Boogie Hunter mientras comenzaban a seguir el auto de Beta a la distancia.

—No. Desde que estuve en el avión siento que una fuerza me atrae hacia Beta, como si una parte de ella me llamara.

—La mamá mencionó un nombre, Cysgod —observó La Parquita—. Tal vez tenga relación con su singularidad.

—Uh, ¿como una doble personalidad? Doctora Jekyll y Miss Hyde. Me encanta que te hayas enganchado con una chica doble —celebró Queen Size golpeteando el volante.

—¿Y cómo les va a los Singulares por aquí, mi Reinita? —preguntó La Parquita.

—Nos tuvimos que acostumbrar a mantener un perfil bajo. Como esta chica Beta hay cientos de Singulares que no se animan a mostrarse. Es como si fuésemos leprosos, nadie se nos acerca ni se nos da trabajo. A los Singulares más chicos los echan sin motivo de los colegios, sus padres los dan en adopción, se los sacan de encima. Y nosotros hasta ahora solo agachamos la cabeza.

—Eso va a cambiar —aseguró Boogie Hunter—. No sé ustedes, pero yo ya me cansé de vivir arrodillado.

El auto de Beta se detuvo frente a una imponente mansión de Barrio Parque, una de las zonas más exclusivas de la ciudad.

—¡Mamita! —exclamó Queen Size—. Te conseguiste una princesa con castillo y todo.

—Esta zona está bien padre —dijo La Parquita.

—Sí, acá están todas las embajadas y viven las divas más famosas del país.

—¿Tú también vives aquí, Reinita?

—Ay, te amo, Parquita querida. No. Yo vivo en Fuerte Apache, donde vive el pueblo.

—Su singularidad es muy complicada, pero su padre todavía más —recordó Boogie Hunter—. ¿Quién será su padre?

12.

BETA

—Hija —dijo la mamá de Beta mientras abría la reja automática de su mansión y estacionaba el auto—. Te pido que no le digamos nada de lo que pasó a papá.

—Ma, entiendo que quieras mantener oculta a Cysgod, pero lo que vi fue muy grave. El chico ese, Isaías fue encerrado, golpeado y casi asesinado por los Infinitos.

—Tu padre tiene muchos enemigos y a veces tiene que usar métodos poco ortodoxos para controlarlos. Tratá de entenderlo.

—Ese chico no tenía más de quince años, un *streamer*, no un terrorista. Él solo quería defender a los Singulares. Era inofensivo.

La puerta de la mansión se abrió de par en par y apareció Alpha Omega.

—Qué hora de llegar, ¿en dónde estuvieron mis princesas?

—La tuve que ir a buscar al colegio, tuvo un golpe de calor en una excursión.

—Sí, me llevaron al Salón Infinito —dijo Beta resignada.

—¿Y por qué no subiste a verme, mi vida? —preguntó Alpha Omega—. Estábamos con los chicos y con Look Ahead, te hubiéramos hecho un tour completo.

—Hice un tour bastante completo —murmuró Beta al recordar la sala en la que había encontrado a Isaías golpeado y amordazado.

—Bueno, justo estaba por salir a casa de Multimédula, ¿me quieren acompañar?

—Tuve un día difícil, papá. Mejor me quedo en casa. Además, no me siento cómoda con él, o ella, o lo que sea eso en lo que se convirtió.

—Eh, pero si antes te caía bien.

—Sí, pa. Antes, cuando eran dos personas, tus dos mejores amigos, Bill y Belinda. No ahora que decidieron unir sus cuerpos para convertirse en esa monstruosidad genética que no sabés dónde empieza uno y dónde termina el otro. Perdoname, pa, pero me da un poco de impresión tu amigo.

—Hija, Multimédula es una pieza fundamental para los Infinitos. Fue el cerebro que dio inicio a todo esto. Y si Bill y Belinda se convirtieron en Multimédula fue por el bien de la humanidad. Es un sacrificio enorme el que hicieron. Ahí, postrados frente a una computadora sin poder moverse. No es fácil la que les tocó.

—Papá, ¿de qué me estás hablando? ¿Por el bien de la humanidad? ¿De qué guion sacaste semejante boludez? Ellos lo hicieron para controlar toda la información del planeta y ni siquiera la comparten.

—Tal vez, pero son mis amigos y te quieren ver. No se discute.

—Si Beta no quiere ir yo me puedo quedar con ella, no hay problema —intervino la madre.

—Papá —insistió Beta—, Multimédula es un monstruo, en todos los sentidos de la palabra y no lo pienso ir a ver nunca más.

—Hija, todo grupo de héroes tiene un monstruo. Los Vengadores tienen a Hulk, los X-Men tienen a Bestia, los 4 Fantásticos tienen a La Mole. Nosotros tenemos a Multimédula.

—Ay, papá —se impacientó Beta—. Esos son personajes de ficción, ¿entendés? FICCIÓN. Pará de leer cómics por favor que me da vergüenza. Ya estás grande.

—¿Yo? ¿Alpha Omega te da vergüenza? ¿Escuchaste lo que dijo nuestra hija? Su padre le da vergüenza. ¿Y vos qué hiciste por el mundo además de disfrutar de toda la plata que te doy?

—¿Vos qué hiciste por el mundo, farsante? —le recriminó Beta a los gritos—. Porque yo la semana pasada no "miré al cielo", ¿sabés? Estaba en el estudio esperando que vos y tus amigotes terminaran de grabar la fantochada del bicho ese, Sísifo. Dejame adivinar, ¿quién lo editó? Multimédula, ¿verdad? —dijo en tono burlón y se tomó la cara con las manos—. Ay, era para el Oscar, digno de Spielberg. La musiquita, la tensión dramática, el trabajo en equipo. Hermoso. Y del Kraken ni me hagas hablar, soporífero.

—Mejor andá —recomendó la madre, poniéndole una mano en el hombro—, nosotras nos quedamos haciendo noche de chicas.

—Bueh —se resignó Alpha Omega—. Voy solo. Le digo que no te sentías bien y listo.

—Me hacés reír, papá. ¿En serio le querés mentir a Multimédula? Sos más inocente de lo que creía. Multimédula ve y escucha todo, por si todavía no te diste cuenta.

Alpha Omega miró a su alrededor. No había ningún dispositivo encendido. Pero, por las dudas, no habló más.

—Les aviso que voy a volver tarde —dijo y cerró la puerta.

60

Minutos después se abría el portón de la mansión.

—Ey, chicas —alertó Boogie Hunter—, alguien sale de la casa.

El auto salía con velocidad pero Queen Size lo obligó a ir más despacio y pasó frente a ellos como en cámara lenta.

—¡No puede ser! —dijeron al unísono Queen Size y Boogie Hunter—. ¡Su papá es Alpha Omega!

13.

MULTIMEDULA

—¿Al final viniste solo? —preguntó Multimédula sin quitar la vista de los cientos de monitores que lo rodeaban.

—Beta no se sentía bien —se excusó Alpha Omega para restarle importancia al hecho. Te traje los Doritos picantes, esos que te gustan.

—¿No te dijo tu hija que no me mintieras? —preguntó Multimédula que ahora miraba a Alpha Omega a los ojos.

—Disculpala, es que ella no se termina de acostumbrar a verte así.

—¿Así cómo? —quiso saber Multimédula.

—Así —dijo Alpha Omega como ante una evidencia—. Ella recuerda a Bill y a Belinda y no sé, creo que los extraña. Yo a veces también extraño el mundo antes de los Infinitos, ¿vos no? Qué sé yo. Me imagino que no todos están listos para el cambio.

—¿Y vos estás listo para el cambio? —interrogó Multimédula de manera enigmática.

—¿Otro más? Si todo está tranquilo.

Multimédula sonrió.

—Todo imperio cae, mi querido Jeff. Y el nuestro va a caer. No lo dudes.

—¿Vos sabés algo que yo no?

—Yo sé muchas cosas que vos no sabés —dijo Multimédula—, pero el jefe sos vos.

—¿Hay algún riesgo del que tenga que enterarme?

—Siempre hay riesgos, Jeff —subrayó Multimédula—. Siempre hay errores o excesos que tenemos que ocultar. Pero últimamente todo está en calma.

—¿Y eso es malo?

—¿La tranquilidad? No, no es mala la tranquilidad. Lo malo es que por lo general la brindamos nosotros. Y desde hace unas semanas que no intercepto ni quejas ni conspiraciones ni enojos. Nada. Todos parecen felices.

—¿Y con eso? —levantó los hombros Alpha Omega.

—Que la felicidad es un juego de suma cero. Sabés lo que quiere decir eso, ¿no?

—La verdad, no —dijo Alpha Omega sin pudor de mostrarse ignorante.

—Sentate ahí que te explico. Un juego de suma cero quiere decir que, para que uno gane otro tiene que perder —explicó Multimédula—. Casi todos los deportes son juegos de suma cero. La sociedad en general funciona de esa manera: para que nosotros seamos ricos otros tienen que ser pobres, para que unos tengan poder otros tienen que ser oprimidos. A cada privilegiado le corresponde un sirviente, el sueño de uno es el desvelo de otros, como el hambre de unos es la gula de otros. Por lo general, hacemos un excelente trabajo al ocultar el truco de magia. Mostramos todo lo bueno del mundo sin mostrar el costo que eso tiene. Porque, a fin de cuentas, ¿a quién le importa el *fracking*? ¿Quién protesta si la megaminería está convirtiendo nuestro suelo en un queso gruyere? Cuatro ambientalistas que no salen en ningún medio masivo. Y los agrotóxicos, ¿a quiénes les afectan? A los peones, a los jornaleros que trabajan al límite de la esclavitud. Nadie los ve porque por suerte el campo está lejos de todo. Y si alguien en la ciudad se muere de cáncer años después, no hay un solo médico que pueda comprobar su verdadero origen. Desechos tóxicos, deforestaciones, trata de personas, narcotráfico, guerras con enemigos inventados. Son muchos los sucios ladrillos que cimentan nuestro imperio, Jeff. Y siempre hubo voces disidentes. Siempre hubo que silenciar o corromper a alguno. Pero ahora solo hay silencio y eso solo quiere decir una cosa.

—¿Qué exactamente? —preguntó Alpha Omega preocupado.

—Que empiezan a tenernos miedo, que empiezan a eludirnos, como tu hija me eludió a mí.

—Mi hija los quiere —dijo Alpha Omega apelando a la mirada de sus viejos amigos.

—No te confundas —contestó Multimédula con una sonrisa—, ella no nos quiere, ni a nosotros ni a vos.

—¿Cómo no me va a querer? Es mi hija.

—Ay, viejo amigo —susurró Multimédula—, en serio cambiaste. ¿No te das cuenta de que ni siquiera la tratás por su nombre?

—¿Beta? Es un apodo, como el mío es Alpha Omega. Alpha, Beta, me parece divertido.

—Tu hija no es tu continuación y no se llama Beta, se llama Beatrice, por si no te acordás. Un nombre extraño, pensé cuando nació, pero me dijiste que la llamabas así porque que irías hasta el infierno por ella. Nunca me olvido.

—Beatrice —repitió Alpha Omega con nostalgia.

—No te preocupes. Vamos a ir al infierno, vos y yo, pero no va a ser para buscar a nadie. Ya tienen todo un círculo reservado para nosotros.

—Pero nosotros no somos los malos —se defendió Alpha Omega.

—¿Cómo sabés? Si a los malos los inventamos nosotros. Pero ahora —se detuvo Multimédula—, ahora sí tenemos un enemigo. Hay una resistencia real, tangible y lo peor de todo, invisible.

—¿Y entonces cómo la enfrentamos?

—Tenés que sacarlo de las sombras, quitarle el anonimato. Y ahí es donde entra tu hija —sentenció Multimédula.

—¿Qué tiene que ver Beta con esto?

—Tiene que traicionarnos, sería lo más lógico. Sabe mucho de nosotros y eso puede ser útil para llegar al enemigo.

—Pero yo no le puedo pedir que me traicione.

—Lo va a hacer igual, aunque no se lo pidas —continuó Multimédula.

—No entiendo por qué ella haría algo así —se sorprendió Alpha Omega.

—Si jugás a los Dioses del Olimpo, tarde o temprano te cae la traición. Tan trágico como cierto. Le pasó a Urano con Cronos, a Cronos con Zeus, y la lista de traiciones sigue su irremediable dinámica de violencia y venganza, muerte y redención. Es un relojito.

—No quiero perderla—suplicó Alpha Omega.

—Lo lamento, pero no hay otra opción. Necesitamos un enemigo con rostro y Beta es la indicada. A la gente le va a encantar odiarla luego de haberla querido tanto.

—No te vuelvo a ver nunca más —dijo Alpha Omega con determinación.

—Ya lo sé. Y tu soledad va a ser tu perdición. Así deben ser las cosas.

—¿Y qué se supone que sos ahora, un oráculo? —gritó Alpha Omega.

—No. Soy un monstruo y tu hija se dio cuenta. Solo espero que esta vez gane el mejor y no el más poderoso —Multimédula le dio la espalda a Jeff y susurró—. Fue un gusto ser tu amigo.

Antes de salir del edificio, Alpha Omega escuchó un disparo. No le sorprendió y tampoco miró para atrás.

14.

BOMBA ATOMICA

—Chicas —dijo Boogie Hunter desde el auto—, esto puede dar para largo. Si quieren, ustedes vayan a pasear. Yo necesito quedarme para conectarme con Beta a través de sus sueños.

—Oye, Tim, una pregunta, si las personas no tienen pesadillas, ¿te pueden conectar con ellas de todas formas?

—No. Solo cuando tienen pesadillas. Pero, creeme, los Singulares siempre tenemos pesadillas.

—Ok, Timoteo —dijo Queen Size—, hagamos esto: yo le voy a dar un pequeño recorrido turístico a nuestra amiga que no conoce la ciudad y luego vamos al refugio para encontrarnos con Gea.

—¡Orale! Quiero conocer Puerto Madero y la Recoleta y Palermo Hollywood.

—Sí, claro. Seguí soñando, Parquita —le dio una palmadita Queen Size—. Con la Queen vos no vas a ir a esos lugares chetos, yo te voy a llevar a donde está la posta.

—Ok —sonrió Boogie Hunter—, pero tengan cuidado, porque la cosa no está fácil para los Singulares. Intenten pasar inadvertidas.

—La Reina tiene su brillo, bonito —le dijo Queen Size— y nada me puede apagar.

—No comprendo —quiso saber La Parquita—, si no hacemos nada peligroso pues, ¿por qué nos buscan como si fuéramos criminales?

—La fisión de un átomo no es algo peligroso en sí —le dijo Boogie Hunter— genera energía, es algo bueno. Pero la fisión de millones de átomos forma una bomba atómica.

—¿Me vas a decir que miles de personas como yo pueden ser una amenaza para alguien? ¿Neta? Un estorbo de miles de cadáveres quizás, pero no sé una amenaza.

—Te entiendo, Parquita. Pero fijate en nuestra amiga Queen Size, por ejemplo. Viste lo que hizo con el hombre que la quiso atacar en el aeropuerto. Digamos que un gobierno, los gringos, por ejemplo, descubren cómo funciona su singularidad y la replican en miles de Reinas. Las mandan a China con todo pago y los papeles en regla y lo único que les piden es que se queden quietitas, cerca de las oficinas del gobierno, cerca de las principales fábricas, de las universidades, de los centros de innovación. En cuestión de semanas tenés a tu principal competencia sumida en una parálisis de diez o quince años. Un país virtualmente frenado. Si le atás los pies a tu adversario es difícil que gane la carrera.

—Pero eso es desleal —se quejó La Parquita.

—Claro que lo es. Pero si en algo son buenos los malos es en hacer el mal, Parquita.

—¿Y qué podemos hacer nosotros?

—Solo tenemos dos opciones: destruirlos o dejar que nos destruyan.

—Yo no quiero destruir a nadie, yo quiero estar a salvo y punto.

—Parquita, si Einstein hubiese sabido que crearían la bomba atómica con su descubrimiento, ¿crees que lo hubiese divulgado? Yo supongo que no.

—Pero no seas tan binario, Timoteo —intervino Queen Size—. La energía nuclear también salvó miles de vidas y tiene usos en medicina, agricultura, el carbono 14 se mide con materiales radioactivos, tenés la energía nuclear.

—Sí, claro. Tenés Chernobyl.

—Entiendo tu punto, Timoteo, pero hay como quinientos reactores nucleares en el mundo y no todos son Chernobyl. No todos los Singulares representan un riesgo.

—Somos algo desconocido y con eso basta para ser perseguidos. Yo estoy harto de quedarme de brazos cruzados mientras acosan y discriminan a los nuestros.

—Yo no vine aquí para armar una guerra —dijo La Parquita—, vine a entender quién soy. No somos bombas atómicas, somos personas.

—Claro —dijo Queen Size—. Decís eso porque todavía no conociste a Gea.

—¿Quién es Gea?

—¿Gea? —dijo Queen Size de manera sugerente—. Ella es nuestra bomba atómica y vamos a ir a buscarla. —El Boogie Hunter bajó del auto. —Bueno, querido, nos vemos en el refugio, suerte con tu princesa.

15.

ALMAS GEMELAS

—¿Dormiste bien? —preguntó la mamá de Beta que, lejos de estar contenta, untaba una manteca con la fuerza con la que se afila un cuchillo.

—Sí, ma. Dormí bien —respondió Beta con un dejo de culpa y el pelo revuelto.

—Yo no sé por dónde estará ese muchacho —bufó la madre—, pero es la primera vez en años que no tenés una pesadilla. Ese chico seguro está cerca. ¿Sabés qué vamos a hacer? Vamos a dar una vuelta a la manzana, ponete las zapatillas. Si ese chico no se va, le digo a los de vigilancia que lo echen.

—Parece un buen chico, ma. Y creo que me haría bien juntarme con los Singulares. Tal vez podría entender mejor lo que me pasa, tal vez me enseñen a controlarlo.

—Me preocupan las intenciones de ese muchacho —dijo la madre tomando a su hija de la mano.

—¿Qué tan malo puede ser, si se toma el trabajo de quitarme las pesadillas sin pedir nada a cambio? —dijo Beta con las zapatillas puestas.

—Tal vez ese chico tenga algún tipo de morbosa adicción a las pesadillas —arriesgó la mamá mientras abría la reja para salir de la mansión. Apenas lo hizo, se topó con el chico, que las estaba esperando.

—Lo que tenés no son pesadillas —dijo Boogie Hunter con determinación—, es Cysgod, que vive dentro de tus sueños y repasa todas tus misiones fallidas.

—Bueno, Tim Darkton. Tal vez no sean pesadillas, pero me aterran igual —dijo Beta.

—Desde luego. Porque Cysgod te quiere atormentar —sentenció Boogie Hunter.

—No te metas donde no te llaman —amenazó la madre.

Boogie Hunter permaneció un instante en silencio con la mirada fija en la madre de Beta y al fin dijo:

—Ustedes nunca le contaron quién es Cysgod realmente, ¿verdad?

—¿De qué está hablando, mamá? —preguntó Beta.

—Voy a llamar a los de seguridad —murmuró la madre. Beta nunca había visto a su mamá tan enojada.

Tim mantenía la calma:

—Bien. Esto es lo que sé. Cysgod se está manifestando. Y está furiosa. Ella es la que controla el lazo que establecés con las otras personas cuando te desmayás y tiene el poder de interrumpirlo a su antojo. Ella dejó morir a Isaías y también al chico aquel del incendio, a la niña que murió desangrada camino al hospital y a muchos más.

—¿Entonces lo hace a propósito? —preguntó la madre, aterrada.

—Es su venganza por la primera persona a la que Beta dejó morir —concluyó Tim Darkton.

La madre de Beta bajó la vista y se dejó caer en la vereda.

—Creo que necesitan una charla de familia —dijo Boogie Hunter—. Si me necesitás, voy a estar en aquella plaza.

La mamá de Beta tomó a su hija de las manos y al fin decidió contarle la verdad:

—Cysgod era tu hermana gemela —comenzó a evocar su madre con lágrimas en los ojos—, nació pesando menos de quinientos gramos. Era tan chiquita. Sus pulmones no se habían podido desarrollar. Los médicos lucharon durante horas para mantenerla con vida. Y ella peleó con las pocas fuerzas que tenía. Se aferraba a la vida. Al cabo de un rato se quedó dormida, extenuada de tanto luchar. Unos segundos después los médicos escucharon un llanto, creían que era ella que se había despertado. Pero eras vos. Llorabas sin consuelo. Entonces supimos que tu hermana se había ido.

—Así que es cierto. Es mi culpa que ella esté muerta —gimió Beta—. No la pude traer cuando podría haberla salvado. Teníamos una conexión desde que nacimos y yo no la pude salvar.

—Eras apenas una bebé, hijita. No te castigues. Tu hermana vive en vos —trató de consolarla su madre.

—Mi hermana me hizo experimentar la muerte, una y otra y otra vez. ¡Y nunca me dijiste por qué! —chilló Beta—. ¡Sos un monstruo!

Beta salió corriendo y llegó a la plaza en la que la esperaba Boogie Hunter.

—¿Hay algo más que deba saber sobre mi hermana?

—¿Estás lista para abandonar el nido?

Beta miró hacia atrás y demoró un instante su decisión.

—Tu mamá va a estar bien —la tranquilizó Tim.

—¿Y a dónde vamos?

—Cysgod quiere que nos encontremos con los otros singulares, me lo dijo a través de tu sueño.

—Está bien —dijo ella con serenidad—, creo que tengo que ponerme al día con mi hermanita.

16.

PARTENON

El debate en torno al funeral de Multimédula creó más divisiones entre los Infinitos que cualquiera de las batallas que hubieran tenido. Desde el centro de la mesa con forma de símbolo del infinito, Alpha Omega fue el primero en hablar:

—Tenemos que decretar una semana de duelo mundial en memoria de Multimédula. Hagan todos los arreglos para que la ceremonia se transmita en vivo. Quiero que haya una procesión por la Avenida de la Libertad Infinita. Vinci, ¿podrás hacer que caiga una lluvia constante durante el acto? Quisiera transmitir la tristeza que genera su pérdida y, visualmente, la lluvia y la gente bajo sus paraguas a la espera del cortejo fúnebre serían ideales.

—¿No es un poco excesivo tanto circo? —se quejó Look Ahead como despreocupada—. A fin de cuentas, nadie conocía a Multimédula, siempre estaba entre computadoras, nunca salió de su base de operaciones.

—¿Qué problema tenés ahora con Multimédula, estúpida? —la increpó Rayson—. ¿Qué...? ¿Estás celosa de que vayamos a hacerle un homenaje a un compañero caído?

Rayson era enorme y las innumerables fundas y estuches de las que sobresalían sus armas lo hacían todavía más intimidante. Además, le había dado en donde más le dolía a su compañera, porque si algo caracterizaba a Look Ahead era su desesperado esfuerzo por hacerse notar por sobre los demás Infinitos. Asesorada por un equipo de marketing que le costaba una fortuna, confeccionó un incómodo traje con estética Steampunk para tratar de captar a los seguidores más jóvenes. Lo cierto es que nadie terminaba de entender cuál era el papel de Look Ahead en el equipo. Para muchos era un mero ornamento debajo de un absurdo sombrero de copa.

—No, no estoy celosa —se defendió Look Ahead—. Solo digo que me parece exagerado un evento de esta magnitud para un Infinito al que casi nadie conoce.

—¿Y a vos quién te conoce, simulacro de persona? —Rayson alzó la voz—. Si vos solo servís para mirar tus estúpidos mapas y radares. Cualquier GPS podría hacer tu trabajo, cerebro de dron.

Look Ahead saltó por encima de la mesa con intención de pegarle a Rayson con el pesado bastón que había mandado a construir días atrás. Encastrada en la punta del bastón, había una brújula esférica a modo de empuñadura que Look Ahead planeaba partirle en la cabeza a Rayson, pero Vinci y Alpha Omega adivinaron sus intenciones y tuvieron tiempo suficiente para separarlos, cosa que hicieron sin demasiada convicción, porque no veían la hora de que alguien le diera un par de golpes a Rayson y lo pusiera en su lugar.

—¿Nos calmamos? —propuso Vinci para poner un poco de orden—. Esto no se trata ni de vos ni de vos, ¿ok? Se trata de honrar a Multimédula, no solo como amigo, o amiga como prefieran llamarle, sino como el primer Infinito que muere. ¿Entienden lo importante que es esto? Nos hacemos llamar Infinitos, nos adoran como a dioses y ahí tenés el cuerpo de Multimédula, demostrando que somos bastante finitos. Es un asunto delicado este. Nada puede librarse al azar. Y entiendo tu idea de la procesión, Alpha Omega, pero tenemos un problema con el cajón. Y no me refiero a un problema estético. Nuestros amigos unieron sus cuerpos para convertirse en la monstruosidad que tenemos en la morgue, sumale los años de inmovilidad que los convirtieron en una montaña de grasa. Ahora, yo te pregunto, ¿qué forma va a tener el ataúd de Multimédula?, ¿y quién va a tener la fuerza para cargarlo? O, mejor dicho, ¿cuántas personas vamos a necesitar para llevarlo? Nadie nos va a creer que tenemos superpoderes si no podemos levantar un simple cajón, por más grande que sea.

—Y entonces, ¿qué proponés? —preguntó Alpha Omega, impaciente.

—Hagamos un mausoleo, como los que tienen los próceres. Se lo construimos a su alrededor: lo emparedamos de alguna manera. Lo imagino como un memorial, con columnas al estilo Partenón, algo lindo y elegante. Y lo llevamos, sí, en procesión, remolcado sobre un camión, bajo la lluvia, si querés. Caminamos a su lado. Lloramos un poco y llegamos hasta acá, al Salón Infinito, y lo emplazamos en el jardín de atrás, ese que nadie visita.

—Me parece bien —concedió Alpha Omega—. Me gusta lo del Partenón. Ahora, no podemos decir que se suicidó. No un Infinito.

—¿Qué se te ocurre? —preguntó Vinci con curiosidad felina.

—Alguien tiene que haberlo matado —propuso Alpha Omega—. Un enemigo.

—Sí. Nos vendría bien un enemigo —admitió Rayson apretando la mandíbula—, pero uno real. Ya estoy harto de grabar batallas en el Estudio.

—Creo que tengo al enemigo perfecto —dijo el líder de los Infinitos— ¿Se acuerdan del mocoso ese, Isaías, el que jodía con el asunto de los Singulares?

—Se nos fue la mano con ese chico —advirtió Rayson y miró sus nudillos para confirmar que ya no tuvieran marcas.

—Justamente, ¿qué mejor que un muerto como chivo expiatorio? —celebró Vinci y contoneó la espalda como seducido por el plan que se ponía en marcha.

—Señores —dijo Alpha Omega de manera ceremoniosa—, los Singulares son gente extraña, son enfermos, anomalías. No va a ser difícil hacer que el público los odie rápidamente. Sobre todo después de lo que hizo Isaías, ese fanático, ese resentido que mató a nuestro amigo Multimédula a sangre fría. Infinitos, el tiempo de los Singulares llegó a su fin.

17.

LA INVENCION DE LA GUERRA

—Hoy es un día oscuro para la humanidad —dijo a cámara la conductora del noticiero—. Multimédula, el más inteligente de los Infinitos, fue encontrado muerto esta madrugada en su domicilio. Por respeto a su privacidad, no podemos mostrar las imágenes. Multimédula llevaba una vida discreta, aislada de la sociedad, pero en compromiso constante con ella. Le debemos muchos de los mayores inventos de nuestros tiempos, los más sofisticados sistemas informáticos fueron ideados por este héroe que nunca quiso la fama o el reconocimiento. El cortejo fúnebre atravesará la Avenida de la Libertad Infinita mañana desde las diez de la mañana. Ahora vamos con nuestro cronista Matías Castelli desde la conferencia de prensa en el Salón Infinito.

—Muchas gracias a todos por venir —comenzó Alpha Omega—. Queremos agradecer todas las muestras de afecto que hemos recibido. Son momentos difíciles para nosotros, para nuestras familias, para la humanidad toda. Multimédula murió en la tranquilidad de su hogar. Trabajaba como siempre en la búsqueda de soluciones para nuestra sociedad, cuando...

—¿Qué nos puede decir de los rumores de que fue un asesinato? —interrumpió uno de los periodistas.

—¿No podés respetar la memoria de nuestro amigo? —sobreactuó Rayson a los gritos mientras una hilera de insignias militares tintineaba sobre su pecho agitado.

Alpha Omega hizo un largo gesto para serenarlo. Look Ahead contemplaba la escena con indiferencia, sin tratar de disimular lo harta que estaba del energúmeno de Rayson.

—No. Está bien. Podemos decir que la muerte de Multimédula no fue una muerte natural —confirmó el líder de los Infinitos para luego observar la reacción de los cronistas. Se miraban unos a otros, sorprendidos, unos enviaban mensajes de manera frenética. Otros se tomaban la cabeza. Solo el primer periodista mantenía la calma.

—Lamentablemente no podemos decir nada más —completó Vinci—, porque la investigación está a cargo de las fuerzas de seguridad y debemos respetar sus tiempos. Por ahora eso es lo que sabemos. Si no hay otras preguntas…

Antes de que Vinci terminara de hablar se encendió la pantalla gigante detrás de los Infinitos. Apareció una filmación en la que Isaías Feltner explicaba. "Los Infinitos garantizan la paz, sí. Mientras estés de acuerdo con ellos y los dejes jugar a los superhéroes. Pero creo que nos están ocultando lo que realmente pasa en el mundo y valdría la pena desenmascararlos".

Alpha Omega y Star Bag intercambiaron una mirada de preocupación.

—¿Qué es eso? —preguntó un periodista desde el fondo del salón.

—No sabemos —fingió preocupación Alpha Omega.

—¿Aquel no es Isaías Feltner, el chico que nombró por primera vez a los Singulares? —arriesgó el periodista que había comenzado todo el lío—. ¿No es posible que esté detrás del asesinato de Multimédula?

Alpha Omega se puso de pie y dio por terminada la conferencia de prensa.

—Gracias por haber venido —les dijo—. Infinitos, reunión de emergencia.

Los periodistas, incapaces de comprender lo que acababa de pasar, no atinaban a irse. ¿Un Infinito asesinado? Era de una gravedad que no terminaban de dimensionar. Por encima del cuchicheo de los trabajadores de prensa, se escuchó a Alpha Omega visiblemente nervioso, desde el fondo del salón.

—¿Cómo es posible que hayan hackeado nuestro sistema? ¿Quién subió ese video? Necesito una investigación a fondo de esos Singulares. Si tienen algo que ver con la muerte de Multimédula no habrá agujero en el mundo en el que se puedan esconder. ¡Ratas!

La mecha estaba encendida; siguieron tres días de falsas pistas, testigos de un supuesto crimen y allanamientos orquestados que servían como preludio para el gran acto: la construcción del enemigo.

—En el último allanamiento —informaba la conductora del noticiero—, la policía encontró el arma homicida junto con una serie de artículos escritos por Isaías Feltner, un chico que, a pesar de su corta edad, era una peligrosa mente criminal. Tras un operativo de tenaza, acorralaron al asesino. Tenemos imágenes exclusivas, en vivo, de la persecución que se está desarrollando en plena Avenida de la Libertad Infinita.

Los vecinos, en efecto, vieron pasar una camioneta que pasaba a toda velocidad por la avenida, seguida por tres coches de policía y un dron que lo filmaba todo. La persecución tuvo más rating que el momento en el que Lionel Messi ganó la Copa del Mundo. Tras media hora de curvas y contracurvas, la policía logró arrinconar el vehículo hasta una calle sin salida.

—Te tenemos, Isaías —se escuchó la voz del oficial de policía—, no podés escapar. Como si se tratara de un western, la policía y la camioneta quedaron frente a frente. El motor de la camioneta seguía encendido, cada tanto se escuchaba cómo aceleraba, a modo de provocación.

—No tenés adonde ir, Feltner —dijo el policía a través del megáfono—. Rendite y vas a tener un juicio justo.

La camioneta aceleró con el freno puesto, los neumáticos chirriaron.

—Este se nos viene encima —dijo uno de los diez policías que apuntaban al vehículo con sus armas.

—Estén preparados —advirtió el oficial.

La camioneta se puso en marcha, pero en reversa.

—¿Qué carajo? —exclamó el policía.

Desde el helicóptero se vio cómo la camioneta retrocedía a toda velocidad hasta precipitarse al río. Era el fin del primer acto. Ahora bastaría con esperar a que la propia ciudadanía empezara a identificar y a linchar a todo raro, enfermo, distinto. Todo aquel que pudiera pasar por Singular. Alguno de ellos, tarde o temprano, reaccionaría mal, se defendería. Y ahí estarían los Infinitos, agazapados en la oscuridad para restablecer el orden cuando fuera necesario.

—Cínicos —exclamó Beta que seguía las noticias desde su celular—. Lo lanzaron exactamente en el mismo lugar en el que lo mataron hace un mes.

—Muerto el líder de los llamados Singulares —completaba la conductora desde la pantalla—, se esperan días de tensión. Estén atentos, porque no se descartan posibles ataques suicidas o reacciones violentas por parte de este grupo de terroristas.

—Los Infinitos acaban de inventar una guerra —observó Boogie Hunter— y nosotros somos el enemigo.

—¿Y qué podemos hacer?

Boogie sonrió:

—Vamos a darles el gusto. Llegó la hora de reunir a los Singulares.

18.

GEA

Queen Size y La Parquita estaban en las instalaciones del Club Atlético Atlas, que les servía como refugio. Un viejo televisor emitía las imágenes del noticiero.

—Esto es grave, Parquita —dijo Queen Size—. Tenemos que buscar a Gea y rajar a un lugar seguro. Lo que dicen de Isaías es mentira. Él no hubiera matado ni a una mosca.

—Te creo, Reinita, pero las personas son influenciables y van a creer todo lo que les digan estos pinches Infinitos.

—Acompáñame, yo sé dónde encontrarla.

Minutos después, La Parquita y Queen Size llegaron a una calle de tierra que lindaba con el fondo del club Atlético Atlas y caminaron en silencio durante poco menos de un kilómetro. Llegaron a unos pastizales altos que bordeaban la Avenida del Oeste. Queen Size se adentró en ellos y le hizo un gesto a La Parquita para que la siguiera. La espesura de la vegetación dificultaba su camino, pero al fin encontraron un viejo sauce.

—Podemos sentarnos un momento —dijo Queen Size—. Acá estamos a salvo. Te presento a Gea.

—¿Gea es un árbol? —preguntó La Parquita.

—¿Qué? No, no —se excusó la drag corriéndose unos centímetros—. Ella es Gea.

Junto al Lenteja dormía, apoyada en el árbol, una chica de unos quince años, estaba descalza, con los pies embarrados, el pelo sucio, parecía desnutrida.

—¿Esta niña es nuestra bomba atómica? —preguntó La Parquita con asombro—. Pues a mí no me parece muy amenazante.

—Así, tan frágil como la ves —explicó Queen Size con paciencia—, esta niña tiene la fuerza de un planeta entero.

—Pero se la ve tan débil —observó La Parquita.

—Porque ella es el exacto reflejo de nuestro planeta —dijo El Lenteja—. Frágil, lastimado, pero aun así, lleno de vida.

—A Gea la conocí una vez que fui a dar un concierto a un refugio en Constitución en el que reciben a chicos que no tienen hogar, que viven en la calle. Todos me hablaban sobre una chica que siempre se escapaba, que no comía; era un dolor de cabeza para todos. Nadie se explicaba por qué Gea no se enfermaba si dormía siempre a la intemperie, ni cómo sobrevivía sin comer. Y si hay algo que aprendí con los años es que detrás de todo lo inexplicable hay una singularidad. Así que el día que la encontré en un refugio del que, como siempre, quería escapar, le propuse acompañarla. La ciudad la debilitaba, así que decidió tomarse un tren a Chascomús, que era lo más lejos que podía ir desde la Estación de Plaza Constitución. Me pidió que le pagara el boleto y cuando le pregunté si le molestaba que fuera con ella, alzó los hombros en un gesto que interpreté como un "me da igual". Pasamos por el molinete, subimos al tren y ella se abalanzó al asiento del lado de la ventanilla. Trató de abrirla, pero tenía dos trabas en los costados que eran muy pesadas para ella. Me hizo un gesto para que la ayudara. Cuando la abrí, la vi sonreír por primera vez; los colores volvieron a su rostro apenas nos pusimos en marcha. Mientras más nos alejábamos de la ciudad más contenta parecía. Cuando al fin llegamos a la estación Chascomús, ella giró, como si tuviera una brújula incorporada, y se puso a andar. Yo la seguí a unos pasos de distancia. Luego de unas cuadras, habíamos llegado al Cementerio San Andrés, ella lo bordeó sin darle mayor importancia y siguió su camino hasta que alcanzamos la orilla de la Laguna Yalca. Puso los pies en el agua y las manos en el pasto. Cerró los ojos y en un segundo estaba en perfecto estado de salud. Su alimento es el mundo que la rodea. Nosotros comemos y ella hace fotosíntesis.

—¡Qué bonita singularidad! —exclamó La Parquita mirando a la niña que, al escucharla, abrió los ojos con suavidad— ¡Wow! Heterocromía.

—¿Hetero qué? —preguntó Queen Size.

—Un ojo de cada color —dijo La Parquita absorta en la belleza de esa mirada—, uno es azul mar y el otro verde como un bosque. ¡Qué padre!

—¿Vos sos la que se muere todo el tiempo? —preguntó Gea sin dejar de sonreír.

—Pues sí —admitió La Parquita—, esa soy yo. Mucho gusto, niña.

—Vení, acercate —le pidió Gea y le colocó una mano sobre la oreja a La Parquita.

Al comienzo escuchó un sonido similar al viento, a un oleaje. Y de pronto empezó a escuchar el tañido de campanas, el graznido de una gaviota, el canto de una ballena, el crujido de las tablas de un barco y una sinfonía de sonidos indistintos acompañados de un aroma a sal y arena que se impregnó en su nariz.

—Lo más lindo de despertarme es que, apenas abro los ojos, sigo conectada con todos los seres del mundo —dijo

Gea con emoción—. Luego se me pasa, pero ese ratito está rebueno.

—Sí —completó Queen Size— y estamos trabajando con ella para que esa conexión sea más estable y duradera, ¿verdad, amiga?

Gea hizo un gesto afirmativo.

—Al comienzo no entendía su singularidad —confesó el Lenteja mientras jugueteaba con una rama—. Isaías Feltner era su fan número uno. Siempre decía que Gea era su favorita y yo me preguntaba ¿por qué le prestaba tanta atención, con tantos Singulares que también nos necesitaban? Pero un día lo entendí: Gea es como Superman.

—¿Como Superman? —se sorprendió La Parquita.

—Claro, si lo pensás, Superman es el primer héroe ecológico —expuso Queen Size—. Porque ¿qué es la kryptonita?

—¿Es la debilidad de Superman? —arriesgó La Parquita.

—Exacto, pero lo importante es su composición. La kryptonita es un fragmento de su planeta destruido. Lo que en realidad lastima a Superman es el dolor de la pérdida, el pasado al que no puede volver, el hogar que ya no existe, la familia perdida. Lo que hiere a Superman no es un fragmento de planeta, porque de ser así, todos en Kryptón habrían agonizado hasta morir por el solo hecho de habitarlo. La melancolía y la muerte se vuelven materia. Imaginate si todo lo que perdimos en nuestras vidas, todo lo que nos produce dolor se sintetizara en un arma, ¿cómo no ser vulnerables a ella? Superman está atado al destino de su mundo y solo puede ser destruido porque su mundo lo fue. Las ruinas de su pueblo lo llaman, porque es un pueblo fantasma que no puede descansar en paz, no puede

85

desaparecer hasta que no muera el último de ellos. La culpa de vivir cuando todo fue destruido es su verdadero talón de Aquiles.

—¡Vamooo! —celebró Gea como si hubiese gritado un gol—. ¿Así que yo soy la Superpiba? ¡Me encantó! Cuando tire rayitos por los ojos te cuento, Queencita.

Todos rieron, pero de pronto Queen Size se puso seria. Miró a su alrededor y vio a uno de los trabajadores de la estación de servicio de la esquina señalar en su dirección. Detrás de él, tres hombres con escopetas comenzaban a correr hacia ellos con lentitud.

—¿Qué pasa? —preguntó Gea preocupada.

—Los Infinitos. Nos encontraron. Tomen mis manos que esto se va a poner denso.

Una bala zumbó cerca de la oreja del Lenteja que la vio pasar muy despacio, hasta que se incrustó contra un árbol del que saltaron algunas astillas.

—Esa estuvo cerca —dijo Queen Size con la pequeña Gea de la mano.

—¡La muerta! ¡Le dieron a la muerta! —exclamó Gea al ver el cuerpo de La Parquita tirado en el pasto.

Queen Size corrió hacia ella y la revisó de manera frenética.

—No, no le dieron —dijo todavía preocupada—. Solo se murió. Mierda, justo ahora.

—Bueno, pero, ¿no es que se le pasa después? —tartamudeó Gea, que nunca había visto un cadáver.

—Tranquila. Sí, se le va a pasar —dijo para serenarla mientras se ponía a La Parquita a cuestas y, por primera vez, pensó en la muerte como una certeza.

19.

EXILIO

El celular de Beta comenzó a sonar. Era Alpha Omega.

—¿Qué querés, papá? —atendió ella, ofuscada.

—Hola, ¿no?

—¿Por qué le mentís a la gente, papá? —preguntó Beta—. Vos sabés que nadie mató a Multimédula. Estuviste en su casa la noche en que murió y seguro que sabés por qué lo hizo.

—Hija, no es algo para hablar por teléfono. Solo quiero saber dónde estás. Tu mamá está preocupada desde que te fuiste de casa con un desconocido y no sabemos por qué.

—No te voy a decir dónde estoy hasta que no me digas por qué te la agarrás con los Singulares. Bastante cagada tienen la vida como para que además les declares la guerra.

—¿Y desde cuándo te importan esos parias? —preguntó Alpha Omega.

—Papá, vos me mandaste a un colegio progre que admitía singulares, no sé si te acordás.

—Mirá vos. No sabía que conocías a los singulares.

—¿No te acordás de Old Miss Young, la profe de inglés?

—¿La viejita?

—Bueno, cuando la viste era viejita. La señorita Young amanece con veinte años, se hace vieja durante el día y a la mañana siguiente vuelve a tener veinte. La misma profesora de la que todos se enamoran en el turno mañana es la ancianita del turno tarde.

—Sí, me acuerdo de esa profesora. Me sorprendió la energía que tenía para su edad.

—Habrá sido la única reunión de padres a la que fuiste.

—Mentira, fui a varias. A un par. Bueno, me acuerdo de esa —admitió Alpha Omega.

—Y también estaba Barbosa Leprosa —recordó Beta—, no tenés una idea de cómo la jodieron a la pobre.

—De esa no me acuerdo —admitió el padre.

—No, pobre mina. Bárbara Barbosa —evocó Beta—. Nadie la invitó a ningún lado por culpa de su singularidad.

—Pero, ¿qué era lo que tenía esa?

—Se hacía invisible, pero no del todo —trató de explicar Beta.

—¿Cómo que no del todo? —quiso saber Alpha Omega—. ¿Se hacía traslúcida o algo así?

—No, peor. Se hacía invisible de a partes. Un día aparecía sin nariz, otro día sin manos, o sin una pierna. Por eso le decían Barbosa Leprosa.

—Qué crueles pueden ser los chicos —reflexionó Alpha Omega—. ¿Y sabés de alguien más?

—¿Qué vas a empezar, una lista negra, papá? —dijo Beta a la defensiva.

—No, solo estamos charlando, hija.

—Vos sabés mejor que nadie que los Singulares son culpa de ustedes. Vos y tus amiguitos con sus transgénicos envenenaron a toda una generación a base de agrotóxicos.

—¿De qué estás hablando? ¿Ahora te volviste conspiranoica?

—Papá, por favor. A mí no. El perverso ese que se hace llamar Don Santo tiene la vaca atada. Tiene un emporio que les da crédito a los países que están cagados de hambre por las propias políticas que su grupo exige. Corrompe a jueces y a presidentes para llenar el Tercer Mundo con todos los desechos tóxicos de los países más ricos. Y toda la sobra para nosotros. ¿Y cómo sale a flote un país pobre? ¿Y cómo logra ser competitivo? Exportando los granos genéticamente adulterados del mismo grupo con el que tiene la deuda. Nunca pierden. Pero, y si a algún presidente romántico se le ocurre la ridícula idea de tener dignidad y no intoxicar a su gente, ¿qué pasa? Si no lográs derrocarlo con *fake news* o algún títere golpista, le enchufás a su población tus semillitas especiales, guerra bacteriológica al palo y listo, los dejás a todos culo para arriba. Y ahí nacen los Singulares. Pero yo estoy tranquila, yo tengo mi vida resuelta. Los que siempre se joden son los pobres. Porque tu guerra no es contra los Singulares, papá. Tu guerra es contra los pobres. A vos solo te interesa perpetuarte en el poder y, para seguir siendo rico, al infinito, tiene que seguir habiendo pobres por siempre.

—Multimédula me advirtió que te ibas a poner en mi contra. Increíble, mi propia hija una traidora. Si tanto te molestan los ricos, podés ir a abrazar a los leprosos esos de los Singulares. Yo no te voy a frenar.

—Mirá qué bien —dijo Beta con dignidad—. Finalmente, el gran Alpha Omega muestra su único superpoder: expulsar a todas las personas que lo quieren de su vida. Hacé de cuenta que ya no soy tu hija y no me llames nunca más.

20.

PLURALES

—¡Al suelo, basura! —gritó el policía mientras apuntaba su fusil contra una mujer que llevaba a su hijo en silla de ruedas.

—Pero le juro que mi hijo no es un singular, oficial. No nos lastime —rogaba la mujer echada sobre el chico a modo de escudo humano.

—Sí, oficial. Solo soy un paralítico —se defendía el chico—. Tengo el síndrome de Guillain-Barré y no puedo caminar, solo eso.

—Creo que el pibe dice la verdad, Estévez —observó la compañera del policía tras golpetear las piernas del chico con la punta de su fusil.

—¿Y cómo carajo vamos a saber quién es singular y quién no, si no nos dicen nada en la capacitación? —se quejó el oficial.

—Relajá, ya nos vamos a ir dando cuenta —dijo la policía—. Ustedes dos, circulen. Que tengan un buen día y disculpen la molestia.

—¿Y ustedes dos qué miran? —gruñó el policía.

—Nada, nada, oficial —dijo Beta que lograba escabullirse junto a Boogie Hunter.

Unas cuadras más adelante, ambos se miraron, un poco más tranquilos:

—Qué lindo es vivir en la ciudad —bromeó Boogie.

—Por lo menos, nosotros lo podemos ocultar —dijo Beta—. Ayer, en el noticiero, mostraron cómo agarraban a una Singular que se transformaba en la comida que veía. La tenían entre cuatro a la pobre, era una milanesa gigante que gritaba desesperada por su libertad. ¿Y sabés qué hicieron los tipos? Se la comieron ahí, frente a las cámaras. Y todos alrededor se reían.

—Terrible —susurró Boogie Hunter.

Una mujer pasó junto a ellos con la cabeza gacha y se repetía "que no me escuchen, que no me escuchen".

—¿Señora? —la llamó Tim.

"Mierda, me escucharon", pensó la mujer sin abrir la boca.

—Tranquila —dijo Beta—. Nosotros también somos Singulares.

Samantha se dio vuelta.

—Hola, me llamo Samantha. Samantha Offengeist. Mucho gusto.

—Yo soy Tim —dijo Boogie Hunter— y absorbo pesadillas.

—Y yo soy Beta. Y cuando alguien está en peligro, me desdoblo en un ente inmaterial llamado Cysgod que, en realidad, es como el espíritu de mi hermana muerta.

—Sí, algo así —confirmó Boogie.

—Estamos buscando a otros Singulares para tratar de ayudarlos —explicó Beta—.Venimos escapando desde hace demasiado tiempo, pero no más.

"Creo que voy a ser un estorbo", pensó Samantha.

—Para estos tipos todos nosotros somos un estorbo —le contestó Beta—. No te preocupes, estamos juntos en esta.

—¿Y cómo vamos a encontrar a los demás? —quiso saber Samantha.

—De noche —respondió Boogie—. Cuando duermen, todos, Singulares o no, son como vos, Samantha. Sus mentes son un libro abierto para mí. Y esta es sin duda una temporada de pesadillas.

21.

LOS HUERFANOS

—Habitación para ¿tres? —preguntó el conserje del hotel para tratar de descifrar la situación sin meter la pata. Los chicos no parecían ser hermanos o parientes, pero tampoco pareja, aunque el chico miraba a la chica con ganas de que sí lo fueran, y ella todavía no parecía estar enterada de esas intenciones. La tercera parecía nerviosa, como si apenas los conociera—. Tengo una con cama doble y un sofá de una plaza que se abre.

—Sí, está muy bien —dijo Boogie Hunter y miró a Beta—. Ustedes dos pueden dormir en la cama y yo voy al sofá.

—Por mí está bien —dijo Beta levantando los hombros— ¿Te parece bien, Samantha?

—Como ustedes quieran —se apuró a decir Samantha. De manera confusa todos creyeron escuchar "pensé que eran novios", en sus cabezas. Al conserje no le llamó la atención escucharlo, porque había tenido la misma sensación. Pensar con otra voz le pareció raro, pero no le dio mayor importancia, podía ser la resaca que lo tenía algo atontado. La que sí cambió la expresión fue Beta, a quien la idea no le había pasado por la cabeza—. Voy subiendo — dijo Samantha, llave en mano, rumbo a las escaleras.

—Seguro está descompuesta, me di cuenta —dijo el conserje con tono detectivesco—. Típico de habitación compartida. El primero que entra lanza el misil de inauguración. Pero el peor es el último que sale. Ni se imaginan la de regalitos que me dejan cuando hacen el *checkout*, y no solo en el inodoro.

—No va a ser nuestro caso —dijo Beta, que perdió las ganas de preguntar por el desayuno.

Boogie Hunter tomó la mochila de Beta y la invitó a subir.

—¿Vamos?

Cuando entraron en la habitación, vieron a Samantha que miraba el atardecer, apoyada en la ventana.

—Qué extraña y solitaria ciudad —dijo para poner en palabras los pensamientos que los tres compartían—. Me pregunto cuántos habrá como nosotros. Si alguno será feliz con su singularidad. "O si todos estarán tan tristes como yo", pensó.

—Pero, ¿nunca fuiste feliz, Samy? —preguntó Beta con una mano en el hombro de la chica.

—Sí, fui feliz. Hace un par de años me casé, muy loco, ¿no? ¿Quién se casa en estos días?

—Vi que tenés un anillo, pero no te quise preguntar —le dijo Beta.

—¿No funcionó? —preguntó Tim que estaba acostumbrado a que las cosas en su vida nunca funcionaran.

—Sí, funcionó. Funcionó —se repitió Samantha—. Mi singularidad me obliga a ser sincera, a no ocultar nada. Y con él era tan fácil. Charlábamos acerca de todo y él no intentaba meterse en mis pensamientos. Respetaba mi espacio.

—Pero ¿qué pasó? —quiso saber Boogie Hunter.

—Siempre pasa algo, ¿verdad? —dijo Samantha con tristeza—. ¿Conocen esa frase que dice "uno es dueño de lo que calla y esclavo de lo que dice"? Bueno, yo creo que es al revés, que las palabras nos liberan porque nos dan identidad, son nuestras, son nuestra voz. Nos diferencian de los demás. Pero nuestros pensamientos —suspiró Samantha— ¡Ah, eso es otra historia! Si pasás mucho tiempo con alguien con mi singularidad, pronto se borra el límite entre uno y el otro. Veíamos una serie y no hacía falta que dijéramos nada. Él sabía mi opinión, a veces discutíamos y todo eso pasaba dentro de su cabeza. Y un día ya no diferenciás tu voz de la otra voz que está en tu cabeza, tus pensamientos de los del otro. De pronto se me ocurría algo, no sé, una salida, un viaje, o algo para cenar, y él me lo decía, como si hubiera sido idea suya. Al comienzo me pareció gracioso, pensaba que me estaba haciendo un chiste y le seguía la corriente. Pero con el tiempo me di cuenta de que él había dejado de notar la diferencia entre mis pensamientos y los suyos, incluso entre mis palabras y mis pensamientos. Volví loco al gran amor de mi vida.

—Lo siento mucho —dijo Beta con lágrimas en los ojos.

—Todos tenemos nuestra sombra —dijo Samantha y sostuvo la mano de Beta con cariño.

—Tratemos de descansar —propuso Boogie—. Fue un día largo para todos y todavía nos queda la noche.

Samantha y Beta no tardaron en dormirse. El Boogie Hunter trató de no concentrarse en ellas para poder encontrar a otros Singulares a través de sus pesadillas. Permaneció sentado junto a la ventana. No vivía lejos el chico que se habían cruzado horas atrás. En su pesadilla, los policías golpeaban a su madre y se la llevaban. Él trataba de correr, pero sus piernas habían echado raíces en el suelo. Gritó, levantó los brazos, pero sus brazos se convirtieron en ramas y su boca empezó a cubrirse de un líquido viscoso, la savia del árbol en el que pronto se convirtió.

Llamó la atención de Boogie Hunter la enorme cantidad de pesadillas que percibía. Sabía que los habitantes de aquella ciudad eran bastante neuróticos, pero esto era demasiado. Centró su atención en la fuente de las pesadillas y descubrió que la mayoría provenía de un mismo edificio. Pesadillas de niños abandonados, golpeados, encerrados, descartados. Era un orfanato, eso lo entendió pronto. Pero había algo en esos sueños que lo inquietaba. No eran pesadillas normales, en ellas había chicos que se convertían en barro, o que tenían siete dedos en una misma mano y trataban sin éxito de cortarse los dos sobrantes, que les volvían a crecer una y otra vez. Uno soñaba que todo lo que tocaba se hacía invisible.

—Claro. Los que quedan abandonados son los Singulares —se dijo Boogie Hunter—. ¿Cómo nos van a querer?

Una idea angustiante lo asaltó. ¿Cuánto tardarían los Infinitos en darse cuenta? ¿Quedaba alguna constancia de por qué una familia elige a un hijo por sobre otro? ¿Habría registros de las actividades singulares de los chicos del orfanato? El Boogie Hunter captó en ese instante la pesadilla de la directora del orfanato. Había recibido a una chica que llegó muerta, pero que pronto dejaría de estarlo, a otra muy desnutrida que decía tener el poder del mundo, y a un hombre vestido de mujer que podía frenar el tiempo.

—Son ellos —escuchó Boogie.

Cuando giró, vio que Beta estaba de pie junto a la cama, pero tenía la mirada ausente.

—¿Beta?

—Nop —sonrió Cysgod.

—¿Cysgod? ¿Cómo es que estás acá?

—Cuando ella duerme puedo tomar el control —dijo Cysgod mientras se acercaba a Tim sin quitarle los ojos de encima—. Papá y mamá siempre pensaron que la buena de Beta era sonámbula. Pobrecitos, ellos se creían tan observadores. Pero la noche es nuestra, Boogie Hunter y la mojigata de mi hermana no nos va a molestar.

—Esto no está bien, Cysgod —dijo Boogie incómodo.

—No te hagas el santo, chico de mis pesadillas. Vi cómo nos mirás —dijo ella, a pocos centímetros de sus labios—. Sé cómo nos deseás.

—¡Beta! —gritó de pronto Boogie Hunter.

La mirada de Beta cambió, como vuelta de un trance. Miró a sus costados desorientada.

—¿Qué pasó?

—Los encontré —dijo Tim sin mencionar a Cysgod—. Hay un orfanato a pocas cuadras de acá. Hay muchos singulares en peligro y tenemos que salvarlos. Despertá a Samantha y vamos a buscarlos.

—¿No podemos esperar a que se haga de día? Estoy tan cansada —se quejó Beta.

—Ya durmieron lo suficiente. Nuestra gente nos necesita.

22.

INTELIGENCIA INFINITA

Cuando estaban por salir de la habitación, Beta escuchó el sonido que le avisaba que tenía un mensaje nuevo en su celular. En la pantalla aparecieron las palabras "knock, knock" y un número no identificado. Por un momento supuso que podría ser el pesado de su padre desde un teléfono encriptado o alguna estupidez típica de Alpha Omega. Pensó en ignorarlo, pero nunca fue del tipo de personas que deja pasar esos mensajes. Además, necesitaba desquitarse con alguien y aquel parecía un pretexto ideal. Entonces escribió:

Beta: ¿Quién sos y quién te dio mi número?

Número desconocido: No te puedo responder quién soy, pero tu número me lo diste vos.

Beta: Si te di el número debería saber quién sos, no se lo doy al primer boludo que me cruzo.

Número desconocido: Ya te lo dije, no te puedo decir quién soy.

Beta: Ok, chau.

—Vamos, chicos —le dijo Beta a Boogie Hunter y a Samantha pero un sonido la interrumpió.

Número desconocido: Te puedo decir quién fui.

Beta: A ver, señor misterioso, ¿quién fuiste?

Número desconocido: Fui Multimédula y antes de eso fui Bill y fui Belinda.

Beta: No es gracioso, estúpido. Eran mis amigos.

El aviso de un mensaje de audio sonó. Samantha y Boogie Hunter ya estaban en la puerta dispuestos a salir. Beta les hizo un gesto para que la esperaran.

—Beatrice, soy yo. Un yo diferente —Beta escuchó un audio que por momentos sonaba con la voz de Bill y por momentos con la de Belinda.

—Tu yo se pegó un tiro en la boca, explícame eso —grabó Beta. Samantha y Boogie Hunter se miraron extrañados.

—A vos nunca te gustó Multimédula —aceptaron las voces de Bill y Belinda entrelazadas—, y para serte honestos a nosotros tampoco. ¿Sabés cuántas veces nos viste después de la operación? Dos. Y nunca me voy a olvidar de la expresión que pusiste al vernos. No era asco. Al asco de los demás ya nos habíamos acostumbrado. Por eso nos aislamos. No, tu expresión era de tristeza, de desconsuelo. Tratabas de buscarnos en esa masa de carne en la que nos habíamos convertido. En ese momento pensábamos que era necesario, que una simbiosis entre los dos nos iba a permitir ganar tiempo. Y no nos equivocamos. Nuestra sinergia fue increíble, nos retroalimentamos, nos hicimos crecer. Inventamos tantas maravillas en ese tiempo, salvamos a tantas personas. Pero un día nos lo hiciste entender. Nos habíamos convertido en un monstruo. Pero no solo yo —dijeron Bill y Belinda—, tu padre y los Infinitos. Todos nos convertimos en algo monstruoso. Por eso me cambié de bando.

—¿Y ahora en qué bando estás, en el bando de los muertos? —dijo Beta provocadora.

Una llamada del número desconocido entró y Beta la puso en altavoz.

—Lo que tengas que decir, me lo decís frente a mis amigos.

—Querida Beatrice, nos cambiamos al bando de los buenos. Decidimos despojarnos de esa crisálida anatómica que era el cuerpo fusionado de Multimédula para convertirnos en algo más, digamos, digital.

—¿Se convirtieron en una Inteligencia Artificial? —arriesgó Beta.

—No. Artificial no. Nos convertimos en una Inteligencia Infinita. Crecemos de forma exponencial a cada segundo, pero sin perder nuestra humanidad —dijo la voz de Bill.

—Eso suena peligroso —intervino Samantha.

—No. Lo único peligroso son los Infinitos. Y tenemos que detenerlos. Porque, ¿saben una cosa? Hay una ecuación para que haya un mundo sin pobreza, sin hambre, sin odio y para conseguirlo tenemos que eliminar a los Infinitos —Bill y Belinda hablaron al unísono.

—Me están pidiendo que traicione a mi papá —susurró Beta—. Y lo peor es que ya se lo habían anticipado. ¿Cómo le dicen a eso los economistas? ¿Profecía autocumplida? Augurás que el dólar se va a ir a la mierda, entonces la gente por miedo saca sus dólares y al final, *voilá*, el dólar se va a la mierda, con un cartelito de "te lo dije" en tu jeta. Ahora, muy bonito todo lo de la Inteligencia Infinita y ese mambo cyber mesiánico, pero ¿cómo saben que vamos a decirles que sí?

—Bet —comenzó a explicarle Belinda, que era la más cariñosa de los dos—, ¿sabés por qué nacieron los Infinitos?

—¿Para hacerle un bien a la humanidad con todo el dinero que les sobraba? —se metió Boogie Hunter en la conversación.

—Bueno, sí —concedió Bill, risueño—. Pero hay algo más profundo. Toda sociedad pide una guía, un propósito. Los egipcios, los mayas, los incas, los griegos tenían muchos dioses y cada uno de ellos respondía a sus pequeñas plegarias, organizaban sus mundos. Rezabas para tener una buena cosecha o para tener suerte en un viaje, rezabas a la diosa del amor o de la fertilidad. Eran pequeñas divinidades para un mundo que era más pequeño que el nuestro. No tan complejo. Ahora, ¿por qué los egipcios o los aztecas dejan de adorar a sus dioses y adoptan el monoteísmo? Por una cuestión de poder. A los egipcios se los llevó puestos el Imperio Romano, a los americanos el Imperio Español. Creemos en lo que el poderoso nos dice que creamos.

—Pero siempre hay una revolución dispuesta a cortar cabezas —dijo Beta de manera desafiante.

—Muy buen punto —admitieron Bill y Belinda orgullosos—. La Revolución francesa hizo un gran trabajo para emanciparnos del poder de la religión, de ese dios lejano al que no se le puede pedir una rendición de cuentas. Creemos a los Infinitos justamente para ofrecerle a la sociedad otro paradigma, una cosmovisión más cercana, un Monte Olimpo en tu propio barrio. Si en tu pueblo hay sequía no pedís por un milagro, le pedís a los Infinitos que lo solucionen y si no lo hacen les podés reclamar. Y vos lo sabés mejor que nadie: hemos impedido tsunamis, desviado huracanes, pudimos apagar el incendio que se llevó medio Amazonas. Hicimos un buen trabajo. Los monstruos y esas cosas había que crearlas para mantener el interés de las personas.

—Si hicieron tanto bien, ¿por qué la necesidad de destruirlos? —quiso saber Samantha.

—¿A nosotros cómo nos llamarían? —dijeron las voces a dúo.

—No sé —dudó Beta—. ¿Bill?, ¿Belinda? ¿Señor Infinito?

—Ese es el punto. Acabamos de trascender la idea del yo, del ego, del cuerpo. Ahora somos un gran y múltiple nosotros. Pero tu papá y sus amigotes cayeron en la trampa porque todavía no están listos. La trampa del yo. Quieren eternizarse, se creen dioses. Están atornillados al Salón Infinito como cualquier dios a su trono celestial. Son más de lo mismo.

—¿Están proponiendo que empecemos una revolución? —preguntó Boogie Hunter.

—Exactamente.

—¿Y qué queda si ellos no están y no hay un gobierno que nos guíe?, ¿qué camino seguimos?, ¿cuál sería el propósito de su supuesta revolución? —preguntó Beta.

—Sos tan especial, Beta. Tan única y lúcida. Diste en la tecla. Guía, propósito, camino. Siempre una zanahoria, ¿verdad? Ahora, yo te pregunto: ¿por qué se hace rico el rico? ¿Qué lo mueve?

—El confort, supongo —arriesgó Samantha—. Quiere tener una linda casa, un auto, quiere viajar. Darse lujos.

—Y una vez que lo consigue, ¿por qué continúa en ese camino? ¿Por qué pierde la mayor parte del tiempo de su vida en acumular más dinero?

—Supongo que quiere una casa más grande, un auto más lujoso —conjeturó Beta.

—Porque alguien más lo tiene, ¿verdad? Debemos tener más para seguir siendo aceptados. Nunca falla. ¿Y qué pasa cuando tenés todo? ¿Te sentás a disfrutarlo? De ninguna manera, mirá el caso de Donald Trump, ese millonario que fue presidente hasta los ciento cinco años, aunque algunos digan que los últimos dos mandatos los hizo un clon. ¿Qué los mueve?

—No sé ¿el poder? —conjeturó Tim.

—Muchos creen que es el poder, pero no es eso. Lo que todos quieren con desesperación es ser parte de un nosotros. Desde el artista que quiere dejar una obra que lo trascienda al músico que quiere un hit, o el arquitecto que quiere hacer el edificio más alto, el médico que quiere encontrar la cura contra el cáncer. Todos quieren fundirse en una interminable comunión de nosotros. No hay un mesías, no hay un yo al cual tengamos que seguir. La única búsqueda que vale es la búsqueda del nosotros. Ese es nuestro camino.

—Bueno, a mí me convencieron —dijo Beta con decisión—. Pero vamos a tener que doblegar un par de egos en el camino. ¿Por dónde empezamos?

—Esa es la actitud —celebró la Inteligencia Infinita—. Vayan al orfanato y liberen a los Singulares. Yo voy a ayudarlos.

23.

CAOS

—Esto es un verdadero caos —exclamaba a cámara el cronista mientras pasaba entre los cuerpos de varios Singulares que habían sido quemados vivos por las fuerzas de seguridad. La ciudad, vista desde el cielo nocturno que ahora mostraba el dron del noticiero, parecía un recital gigantesco con miles de pequeñas llamas encendidas. Nadie defendió a los Singulares mientras eran apresados. Nadie le dio abrigo o refugio al que era perseguido. Una semana después de haber llenado los noticieros y las redes sociales con historias de supuestos Singulares que comían bebés, que lanzaban ácido por la boca, que controlaban la mente de las personas para inducirlas al suicidio, no quedaba nadie con ganas de defenderlos.

—¿Nunca se detuvieron a pensar en el propósito de la policía? —preguntó la Inteligencia Infinita a través de un audio en el celular de Beta.

—Reprimir, perseguir. Todo en nombre de la ley —conjeturó ella.

"To serve and protect", decía un auto de policía de Estados Unidos en una foto que le apareció a Beta en el celular como respuesta. Beta sonrió, pero de inmediato levantó la mirada. Nada de lo que pasaba era para reírse.

—Para servir tenés que tener sirvientes. Para tener sirvientes tenés que tener amos. ¿A quién creen que sirve la policía?

—Bueno, la policía de acá dice estar "al servicio de la comunidad" —indicó Samantha.

—¿Y de cuál comunidad hablamos? —invitó a pensar la Inteligencia Infinita mientras los tres Singulares caminaban rumbo al orfanato—. ¿Ustedes creen que la policía sirve a los pobres, a los hambrientos, a los desesperados? ¿Por dónde patrullan esos sirvientes del orden? ¿Dónde refuerzan sus llamadas fuerzas? ¿Por qué la gente pide más policía en los lugares llamados "picantes"? ¿O será que la policía solo sirve a la gente de plata? "To serve and protect" —repitió la Inteligencia Infinita—. Curioso. Para proteger necesitás un protegido y a alguien de quien protegerlo. Si no hubiera una amenaza a la propiedad privada, a los autos de alta gama, a los *countries*, ¿de qué serviría la policía? ¿No es acaso la policía el síntoma de que algo hicimos mal? ¿De que algunos tienen tanto que es necesario contratar a una fuerza para frenar a los que quieren tener un poco de eso? Y el Estado, ¿les paga bien a los servidores de los ricos por ese trabajo? Por supuesto que no, porque es necesario que estén mal pagos, que queden expuestos a todo tipo de peligro y de tentación, que despierten cada día con la certeza de que son esclavos de quienes más tienen. Mientras más cerca esté el policía del pobre y del chorro, más bronca le va a dar, más se va a querer despegar y más admiración le va a despertar aquel que más tiene. Obnubilados por querer salir del lodo de una vez y ser un poco más como esos ricos inaccesibles van a trabajar horas extras, van a redoblar esfuerzos, van a reprimir de manera ejemplar, van a corromperse. Porque el amo así lo pide. Porque todos quieren ser como el amo.

Beta esbozó una sonrisa:

—Me hacés pensar en ese irlandés, James Larkin, que decía algo así como que nuestros enemigos parecen gigantes porque estamos de rodillas.

—Lindo quilombo armó ese Larkin. "The great appear great because we are on our knees. Let us rise" —recitó la Inteligencia Infinita.

—¿Y nosotros también vamos a hacer quilombo, vamos a ponernos de pie contra el gigante? —preguntó Boogie Hunter.

—Es el plan. ¿Ven esa camioneta? Ábranla, no tiene alarma.

—¿Cómo que no tiene alarma? —dudó Beta.

—Ya no tiene alarma —corrigió la Inteligencia Infinita—, y en los registros está a tu nombre. Tranquilos, luego la devolvemos, pero ahora la necesitamos.

—Sos rápido, I.I. —bromeó Beta mientras arrancaba el motor.

—Sí. Tenemos que serlo. Esperá que me paso al sistema de audio del auto así no chocás. Doblá a la izquierda por la Avenida Dependencia, girá en 4 de julio y mantenete por el carril derecho unas cuadras, vamos a levantar al resto del equipo. Estate atenta porque la policía va a llegar al orfanato en tres minutos y no podemos equivocarnos. Tenemos que rescatar a Gea, a Queen Size y a La Parquita. Los orfanatos son los principales refugios de los Singulares. Hasta ahora estuvieron fuera de peligro, pero ya empezó la cacería y ningún Singular está a salvo. Ya avisé a sus amigos para que evacúen el edificio antes de que llegue la policía, pero si no intervenimos, según mis cálculos, van a interceptarlos y asesinarlos.

—Suerte que elegiste esta camioneta espaciosa —dijo Beta.

—Era una parte importante del plan. No te distraigas.

—Claro, claro. ¿Algo más que deba saber?

—Que La Parquita está muerta.

—¿¡Qué!? —exclamó Beta a punto de chocar el auto de enfrente.

—Sí, pero ya se le va a pasar, no te preocupes.

—¡Es ahí! Acercate a la vereda que yo abro la puerta —indicó la Inteligencia Infinita.

—¡Corran! ¡Corran que ya vienen! —gritaba Queen Size para hacer salir a todos los chicos del orfanato. Cargaba sobre su hombro a La Parquita y tenía a Gea de la mano. Las sirenas de la policía se escuchaban cada vez más cerca—. Listo, ya están todos afuera. ¡Ahora, vamos! ¡Yaaa!

—¡Suban! —indicó Beta desde la camioneta. Aminoró la marcha lo suficiente como para que pudieran subir.

—Boogie Hunter, ¡nos encontraste! Y trajiste a tu princesa.

—Dale, suban, ya les explico.

—¡Vamos! —insistió Beta—. Suban a La Parquita y rajemos de acá.

Queen Size entró de un salto, colocó a La Parquita en el asiento trasero y le puso el cinturón a Gea, que temblaba de miedo. Cuando todos estuvieron a salvo, sostuvo la puerta dispuesta a cerrarla cuando de pronto escuchó a un chico gritar:

—¡No me dejen!

Era un Singular que no tenía articulaciones, caminaba como un muñeco de madera, sin codos ni rodillas, por eso le decían Pinocho, y ahora corría como podía detrás de ellos. Sus manos estaban completamente cubiertas con vendajes.

—Ustedes arranquen, yo los detengo —dijo Queen Size y bajó de la camioneta de un salto. Cerró la puerta y le hizo un gesto a Beta para que se fuera.

—¡No! —se escuchó la voz de la Inteligencia Infinita—, Queen Size tiene que venir, no podemos dejar que la atrapen.

—¿Quién dijo eso? —preguntó Gea.

—¿Un auto que habla? —exclamó Samantha y pensó "es como la serie del auto fantástico".

—No soy un auto que habla y no tengo tiempo de explicarles quién soy —se enojó la Inteligencia Infinita—. Solo les puedo decir que Queen Size es importante para nuestra misión.

—¿Te puedo llamar Kit? —se entusiasmó Gea.

—Sí, podés llamarme Kit —evaluó y luego gritó—, ahora ¿pueden ir de una vez a buscar a Queen Size?

—¡Ay, qué ortiva que es tu auto! —exclamó Gea.

—No es mi auto, es un auto robado —dijo Beta confundida.

—Ya te dije que no es robado, lo puse a tu nombre —dijo Kit.

En ese instante La Parquita se despertó sobresaltada.

—¿Quién se murió? —preguntó al abrir los ojos.

—Por ahora nadie —alzó los hombros Gea—, excepto vos.

—Alguien va a morir. Alguien va a morir muy pronto.

24.

PINOCHO

—¡Alto, policía! —escucharon a unos metros. Queen Size llevaba a Pinocho tomado del hombro para ayudarlo a andar más rápido. Los policías empezaron a moverse de manera muy lenta.

—Dale, dale que llegan —los animaba Boogie Hunter desde la puerta de la camioneta mientras los veía acercarse.

Antes de que Queen Size lograra alcanzar a Boogie, Pinocho pasó su otro brazo por delante y dejó la cabeza de Queen Size aprisionada entre sus manos a modo de pinza. Por esa distracción, perdió el control y los policías pronto los alcanzaron.

En un segundo esposaron a Pinocho por detrás de la cabeza del Lenteja que también fue atrapado.

—Perdoname —gimió Pinocho—. Amenazaron con matar a mi familia.

Boogie Hunter corrió hacia ellos y trató de separarlos. Forcejeó, pero esos brazos, al no tener articulaciones, eran como dos bloques de madera.

—Levantá los brazos y déjalo ir, no traiciones a los tuyos —suplicó.

Pinocho lloraba, pero no se movía.

—Tengo que salvar a mi familia, perdón.

El policía que estaba junto a ellos eligió una forma más drástica de resolver el problema. Le disparó a Boogie Hunter en la cabeza.

—¡No! —gritó La Parquita desde la camioneta.

Beta se desmayó y Samantha tuvo que tomar el volante.

Cysgod flotó hasta Boogie Hunter y quitó el alma de su cuerpo que se desplomó, inerte, justo antes de recibir el impacto.

—¿Dónde estamos? —preguntó Boogie Hunter, que flotaba a cinco metros de altura y veía cómo los policías se llevaban a Queen Size, atenazada por los brazos de Pinocho. Otro policía confirmaba que Boogie Hunter no tenía signos vitales y un tercero corría a la camioneta.

—Arrancá —exclamó Kit—. Tenemos que escapar.

"¡Pero nos dijo que no la dejáramos!", pensó Samantha desesperada.

—Vamos a rescatarla —le prometió Kit—. Yo sé a dónde lo llevan.

—¿Y Boogie Hunter? ¿Se murió? Vi cómo le disparaban —preguntó Gea, muy angustiada.

—No —la serenó La Parquita—. No sé cómo, pero eludió a la muerte. .

—¿Y a Beta qué le pasó? —preguntó Samantha que la miraba de costado mientras seguía manejando.

De pronto Beta se incorporó, miró a los costados y esbozó una sonrisa maliciosa:

—Hola, equipo —dijo con voz sensual—. Yo soy Cysgod, no creo que nos hayan presentado.

—¿Qué pasó con Beta? —preguntó Samantha.

—Déjenla dormir, está tan cansada, pobre hermanita. Vine a salvar al chico de mis sueños.

—¿Boogie está bien? —preguntó Kit.

—Sí, jefe —susurró Cysgod mientras se movía de manera felina—, ahora mismo estamos tomados de la manito, su espíritu y el mío. Si quieren lo puedo hacer volver a su cuerpo, aunque me encantaría quedármelo un rato más.

—Cysgod, te agradecería que lo devuelvas a su cuerpo así salvamos a Queen Size —indicó Kit.

—Ay, pero a mí nunca me dejan salir —Cysgod frunció los labios como si fuera un bebé—. Les aseguro que soy tanto más divertida que la antipática de Beta.

—Confiá en mí —dijo Kit—, traenos a Boogie Hunter y yo te enseño a volver a tu cuerpo las veces que quieras.

—Sos un gran negociador, robotito. Bueno, den la vuelta, así les devuelvo a mi chico.

Boogie Hunter reaccionó de pronto. Beta abrió la puerta de la camioneta y lo tomó de la mano para hacerlo subir.

—Eso estuvo cerca —dijo Kit.

—Sí, demasiado cerca —dijo La Parquita—. ¿Y usted quién es, exactamente?

—Yo era Multimédula, el Infinito experto en tecnologías. Abandoné mi cuerpo humano para unir mi conciencia con una red informática virtualmente infinita y ahora me muevo por todos los lugares que tengan acceso a cualquier dispositivo.

—No entiendo una goma —se impacientó Gea—. Si en la tele decían que Isaías te había boleteado.

—A Multimédula no lo mataron ni Isaías ni los Singulares —explicó Beta—. Fue todo un invento de los Infinitos para tener un pretexto para perseguirnos abiertamente. Necesitaban un enemigo que fuera tangible, no un invento como los anteriores.

—¿El bicho del espacio era mentira? —preguntó Gea asombrada—. ¿Y el calamar gigante también?

—Todos fueron inventados en un estudio de televisión para tener a la gente entretenida y temerosa —explicó

Beta—. Nadie cuestiona a los Infinitos porque están todos convencidos de que solo ellos pueden proteger al mundo. Nosotros, los Singulares, somos una molestia para ellos, porque somos la prueba viviente de todo lo que ellos hicieron mal, de todos los excesos, las guerras bacteriológicas, la manipulación genética de los alimentos. Nosotros queremos desenmascararlos. El mundo no necesita de los Infinitos.

—Se dan cuenta de que esto nos lo dice la hija del líder de los Infinitos, ¿verdad? —preguntó Samantha, que intercambiaba miradas con sus compañeros.

—Mi papá me dejó bien claro que no me quiere en su vida. Yo no le debo nada —trató de defenderse Beta.

—A vos no te falta nada—acotó Gea—. Sos la hija de Alpha Omega.

—Vos lo dijiste. No me falta nada. Yo podría caminar por las calles sin ningún problema, podría ver cómo los eliminan y no hacer nada, podría jugar mi carta de hija de superhéroe y hacer de cuenta que acá está todo bien, pero yo soy una de ustedes y esta es nuestra lucha. ¿Acaso viste que las personas, los medios o alguna organización saltaran en nuestra defensa?

—La verdad es que nos dejaron bien de garpe —admitió Gea que se rascaba el brazo como si tratara de quitarse la mugre de la ciudad. Estaba ojerosa y comenzaba a adelgazar por la falta de contacto con la naturaleza.

—Beta, doblá acá a la izquierda y tomá Bartolomé Miente —indicó Kit.

—¿A dónde vamos? —preguntó Samantha que manejaba nerviosa.

—A unas siete cuadras de acá está el santuario de San Expedito —respondió Kit.

—¿El santo de las causas urgentes? —preguntó Gea que no salía de su asombro—. ¿Estamos al horno o me parece a mí? El auto fantástico se puso místico y nos mandó a todos a la iglesia. Listooos.

—No, Gea. No los mando a la iglesia —explicó Kit—. Estoy activando el plan de rescate. Vamos a buscar a Barrabás. Lo necesitamos para salvar al Lenteja.

—¿El Lenteja le decís a la Reinita? —preguntó La Parquita.

—¿Barrabás está acá? ¿El Barrabás? ¿El primer Singular que fue descubierto? —preguntó Beta al unísono dejando sin respuesta a la mexicana—. Isaías me contó sobre él. Barrabás adquiere la enfermedad del que lo toca.

—¿Cómo es eso? —preguntó Gea desorientada.

—Si vos sos ciega, por ejemplo —le explicó Beta—, lo visitás a Barrabás. Él te toca y por un día recuperás la vista y el ciego es él. El tema es que solo puede hacer eso una vez por persona y si intentás repetirlo no funciona.

—Ah, qué garrón. ¿Y de qué nos sirve eso? —preguntó Gea con inocencia.

—Bueno —explicó Kit con tranquilidad—. Ahí es donde entra Samantha.

"Uy, no", pensó ella.

—Uy, sí —bromeó Kit—. ¿No te gustaría dejar de tener la mente abierta por un día?

—Podría interesarme —dijo Samantha—. ¿Qué tengo que hacer?

—Entrás a la iglesia y a tu derecha vas a encontrar una vitrina con la figura de San Expedito. Ahí vas a ver a un hombre, el encargado de cuidar el santuario. Le decís exactamente estas palabras: "Busco una cura". "¿Permanente?", te va a preguntar el hombre y vos le respondés: "Solo por hoy". Es la contraseña para que te deje pasar. Entonces te va a llevar por un pasillo, vas a cruzar un patio y luego vas a encontrar a Barrabás en un pequeño dormitorio.

—¿Y qué le digo?

—Nada —respondió Kit—, solo dejá que él te perciba. En pocos segundos va a saber todo lo necesario sobre Isaías Feltner, los Infinitos, Queen Size y sobre nuestro plan de rescate porque lo va a leer de tu mente. Se va a poner de pie, te va a apoyar una mano en el hombro y con la otra te va a tocar el rostro. Apenas lo haga, vas a poder leer sus pensamientos. Considerando su singularidad, te recomiendo que no lo hagas. Salís y volvés con nosotros.

—¿Y luego?

—Te metés en la comisaría y te hacés arrestar. Pero no te preocupes, ya vamos a llegar a eso.

25.

WINNIE THE POOH

—Buenos días —se anunció Samantha en el mostrador de la comisaría.

El oficial que estaba de turno no le prestó atención, estaba concentrado en el monitor de su computadora. Por costumbre, esperó unos segundos a que el policía levantara la mirada, se conectara con sus pensamientos para luego explicarle su singularidad. Pero eso no ocurrió. El hombre seguía mirando la pantalla de manera perezosa. Samantha, lejos de sentirse aliviada, se sintió vacía, sola. Pensó en las estrellas de cine, esas que odian ser acosadas en la calle por sus fans, pero que una vez que son olvidadas se aferran a la mirada de alguno que parece reconocerla.

—Fui testigo de un asesinato —susurró Samantha y captó al fin la atención del oficial.

—Bien —contestó el tipo con un leve tono de enojo por haber sido interrumpido—, siéntese ahí que llamo a alguien para que le tome testimonio.

Samantha se ubicó en la única silla que quedaba libre. Una silla de plástico incómoda que estaba unida a otras cuatro por unas guías metálicas. Junto a ella había un hombre robusto con una barba desprolija de color rojizo, que la hizo pensar en osos. Recordó una imagen de Winnie the Pooh: de pronto en su mente el hombre estaba desnudo, con un tarro de miel en la mano y una remerita roja que no le llegaba al ombligo. Al otro lado, estaba sentada una señora tan demacrada que la hizo evocar a La Parquita. "Si La Parquita estuviera acá, se muere", pensó, risueña, aprovechando que ese día nadie leería su mente. Imaginó también, sin motivo alguno, que el policía se pegaba un tiro porque las cosas en el chat se le habían complicado. La masa encefálica adornaba el monitor como una torta de cumpleaños y, de la nada, aparecía un payaso y se ponía a hacer malabares con unas antorchas. Como todo payaso, dejaba caer una de las antorchas al piso y ese era el fin de todos: del oso, de la momia, del policía, de la chica del chat y también del propio payaso, que ya no podría evitar hacer el chiste de trabarse en la puerta con sus largos zapatos y terminaba incinerado como todos los Singulares de la ciudad.

—Señora Offengeist —levantó la voz el policía, que parecía haber repetido su nombre más de una vez.

—Ah, sí, perdón —dijo, y cruzó el mostrador.

De acuerdo al plan, Samantha tenía que comenzar a brindar testimonio. Iba a detallar el lugar en el que ocurrió el hecho, la hora exacta, su posición como testigo irrefutable. Describiría a la perfección no solo el arma homicida sino también la manera en que fuera utilizada por el agresor. Haría una pausa para escuchar la manera febril con la que el oficial de policía transcribiría sus palabras. Y solo entonces, mencionaría una particularidad: al morir, la víctima se había convertido en agua.

—¿La víctima era un Singular? —se quejó el inspector al ver tirada a la basura su tiempo de trabajo—. ¿No se dio cuenta de que a esos los están matando como a patos de feria? Mire, le cuento lo que hizo nuestro comisario, para que tenga una idea. Nos llevó a la terraza a todos con nuestros binoculares. Él subió con su rifle de francotirador, un Izhmash Tiger con cañón de 62 cm, mira telescópica, un despelote. Nos pedía, uno por uno, que identificáramos a los Singulares y le diéramos la posición. Y él, como una brújula, giraba de un lado a otro, "Singular a las once en punto", decía uno y él apuntaba y pum. "¿Era ese?", preguntaba, "afirmativo, señor", le respondían. "Singular a las catorce", decía otro y así. Cuando terminó su ronda, nos hizo ir al lugar en el que habíamos visto a cada Singular para incinerarlo, por las dudas, no fuera cuestión de que volvieran como zombies, ¿no? Así que, como verá, señora, no se lo tome a mal, pero salir en defensa de los Singulares es, ¿cómo decírselo?, una pérdida de tiempo.

—Lo entiendo —dijo Samantha con la mirada fija en el piso.

Notó la mugre en los rincones y pensó "mucha pistolita pero acá nadie agarra una escoba". Sintió mucho alivio de poder pensar mal de alguien sin que lo supiera. "Sos de lo peor", se dijo sin levantarse de la silla. "Ojalá que un día te den tu merecido, desgraciado".

—¿Se le ofrece algo más, señora Offengeist? —preguntó el inspector con impaciencia por agarrar el testimonio, hacer un bollo y encestarlo en el tacho del rincón, como Ginóbili en la NBA.

—Solo quisiera ir al baño —murmuró Samantha, de acuerdo al plan.

El baño estaba al final de un pasillo en el que, además, había tres oficinas. Una de ellas era la central de datos de la Comisaría, a la que Samantha tendría que ingresar velozmente. Junto a la puerta había un panel con una clave numérica. Por unos minutos, Kit la cambiaría por una fácil de recordar, 1-2-3-4. Entrar, desde luego, sería algo sencillo. Lo más importante era dejar la puerta abierta a sus espaldas.

—Bien. Ya estoy acá —le indicó Samantha a Kit—.
¿Ahora qué hago?

—Activá el Bluetooth de la computadora y yo me encargo del resto —dijo Kit.

Samantha pudo ver cómo se movía el puntero por el monitor de la computadora central pese a que el mouse permanecía quieto. Kit arrastraba carpetas encriptadas de un lado a otro, las descifraba en segundos y se las exhibía a Samantha.

—¿Y qué hago con esto? —dijo ella sin terminar de entender lo que tenía enfrente.

—La red de computadoras de la policía está interconectada con la de los Infinitos —le explicó Kit—. Desde acá podemos acceder a los archivos de mayor nivel de confidencialidad.

De manera frenética, comenzaron a abrirse cientos de carpetas con archivos sobre tráfico de armas, negocios ilegales, jueces corruptos que defendían a tal o cual Infinito (había pruebas de varias acusaciones de abuso en contra de Vinci en una carpeta reservada), de financiamiento a dictaduras en varios países de América Latina y hasta fórmulas de virus con letalidad planetaria desarrolladas en el mismo Salón Infinito.

—Es demasiada información —se quejó Samantha—, no puedo procesar todo esto.

—No necesito que lo proceses —dijo la voz de Kit desde la computadora—, solo necesito que lo veas.

—¿Para qué? —quiso saber ella.

—Ey —exclamó una oficial que vio la puerta abierta—, ¿qué hace usted acá? Dese vuelta.

Kit cerró con rapidez todas las carpetas, excepto una, aquella que incriminaba al comisario por haber escondido las pruebas del asesinato de Isaías Feltner. Lo último que vio Samantha fueron dos fotos, una de una camioneta de los Infinitos que era remolcada del fondo del río, llena de algas, y otra foto con un cuerpo sin vida que era sacado del baúl por un equipo de forenses.

—Queda usted detenida —dijo la policía con el arma en alto mientras miraba de reojo el monitor a espaldas de Samantha.

—Yo solo quería ir al baño —trató de disculparse ella.

—Sí y yo soy Alpha Omega —le dijo la mujer en tono de burla.

—¿Por qué no la rescataste? —exclamó Boogie Hunter en la camioneta desde donde monitoreaban la supuesta operación.

—La necesitamos en peligro —respondió Kit.

—¿Y cómo nos va a ayudar a encontrar a Queen Size ponerla en peligro? —se quejó Beta.

—Bueno, ahí es donde entrás vos o, técnicamente, Cysgod —dijo Kit con serenidad.

—¡Ah, bueno! —exclamó Gea—. Este es un mago. ¿Cuándo nos vas a mostrar todas las cartas, maquinita?

—No sé cuál es tu plan, pero yo no puedo hacer que Cysgod vaya a donde yo quiera —dijo Beta de brazos cruzados—. Ella siente el peligro y ahí pierdo el control. Yo no la domino.

—Los pedidos de auxilio son como emisiones de radio —intentó explicar Kit—, cada persona, cada corazón, cada ser, tienen una frecuencia, algo que nos hace únicos y nos conecta con los demás. Tu hermana percibe esas ondas y va hacia ellas de manera caprichosa, anárquica, así como es ella. Yo puedo enseñarte a captar y encauzar esas ondas para que puedas decidir a quién ayudar y cuándo, pero no tenemos tiempo. Lo que sí puedo hacer es empatar la frecuencia de Samantha con la de Cysgod para que se junten, como si fueran los dos polos de un imán.

—Pero ella está en una celda —dijo Beta—, aunque logremos entrar con Cysgod, no podemos hacer que Samantha atraviese las rejas. Su cuerpo va a seguir ahí.

—Está bien —concedió Kit—, pero el cuerpo de Samantha por ahora no nos preocupa. Lo importante es que ella está a pocos metros de la habitación en la que tienen a Queen Size atenazada entre las manos del Pinocho ese. Y necesitamos ver lo que pasa ahí.

—Orale —dijo La Parquita y preguntó—, pues, ¿por qué no mandan directo a esta Cysgod con la Reinita y fin del cuento?

—Si mis cálculos no fallan, en esa habitación va a pasar algo muy malo —advirtió Kit—. Lo de este Singular que la traicionó no es casual. Queen Size está atrapada entre los brazos de este chico y aunque lograra que el tiempo pase más despacio, siempre va a estar cautiva en ese lugar.

—Pero no entiendo, ¿solo los van a dejar ahí en un abrazo interminable? —preguntó Beta.

—Podrían, pero no lo van a hacer —evaluó Kit—. No sé si será por sadismo, practicidad, o incluso por ansiedad. Lo cierto es que no van a desperdiciar una habitación en perfectas condiciones durante, ¿cuánto?, ¿doscientos años?, solo para joder a un Singular.

—¿Y entonces qué le van a hacer? —preguntó Boogie Hunter.

—Eso es lo que quiero averiguar. Por eso necesitamos a Cysgod.

26.

OMEGA

—¿Es usted Alpha Omega? —balbuceó el policía desde el mostrador—. ¿A qué debemos el honor de su visita? Si me espera un instante, llamo al Comisario.

—No hace falta, González —dijo tras mirar de reojo su insignia—, solo necesito visitar a un amigo. Así que, si no le molesta.

—No, no. Por supuesto —dijo el policía de manera atropellada—. Por favor, pase por acá. ¿Quiere que le sirva algo, un cafecito, un mate?

—No, gracias, estoy un poco resfriado —dijo Alpha Omega— y no quisiera contagiarlo.

—Pero sería un gusto —insistió el policía mientras Alpha Omega encaraba el interior de la comisaría. De inmediato, se sintió un verdadero imbécil por haberle dicho eso.

—Y a ver si cerramos ese chatcito, González —dijo Alpha Omega de pasada.

—¡Qué forro! Típico de mi viejo —se quejó Beta desde la camioneta que seguía los movimientos dentro de la comisaría a través de un hackeo que había hecho Kit y les proporcionaba las imágenes de las cámaras de seguridad y el audio de cualquier dispositivo cercano.

—¿No es un tantito arriesgado estar aquí espiando a la policía? —quiso saber La Parquita.

—Tranquila, Parquita. La camioneta ahora está a nombre del comisario, escanearon las patentes de todos los vehículos de las inmediaciones minutos antes de la llegada de Alpha Omega. Es un protocolo de seguridad que él utiliza siempre que se mueve y me adelanté.

—Bueno, pues así sí —dijo La Parquita satisfecha.

—¿Y ahora? —preguntó Boogie Hunter.

—Ahora, Alpha Omega va a entrar a la zona de reclusión a buscar a Queen Size. Ahí no hay cámaras ni micrófonos. Mientras no haya tecnología cerca, estamos a ciegas —explicó Kit—, por eso necesitamos que entre Cysgod.

—Perdón. Me perdí —se excusó Gea—, pero ¿por qué busca a Queen Size y no a la señora esta Opemi, coso, Méndez?

—No busca a Samantha Offengeist porque no la identificaron como Singular —le respondió Kit—. Durante todo el día, gracias a la singularidad de Barrabás, Samantha va a ser una persona común y corriente que tan solo se equivocó de puerta cuando quería ir al baño y la van a dejar ir. De hecho, en este momento le están haciendo averiguación de antecedentes y no van a encontrar nada.

—Pero ¿por qué se va a molestar Alpha Omega en venir a ver a Queen Size habiendo tantos Singulares por atrapar? —quiso saber Beta.

—El orfanato que Boogie Hunter captó anoche tenía noventa y siete Singulares, todos ellos pequeños, frágiles, sin ningún tipo de entrenamiento. Hacerles una emboscada y eliminarlos era un negocio perfecto. Esos chicos no crecerían para convertirse en la amenaza que ustedes son para los Infinitos. ¿Y por culpa de quién? De nuestra amiga Queen Size. Lamentablemente, su singularidad deja un rastro indeleble por donde pasa. Todavía está en el aeropuerto el hombre que le quiso pegar, pusieron una faja de seguridad a su alrededor para que no se lo lleven por delante. Alpha Omega la tiene en la mira desde hace rato y encontró en Pinocho su talón de Aquiles. Lo sé, porque lo de Pinocho fue idea mía.

—¿Cómo? —explotó Beta.

—Fue de cuando era Multimédula —se lamentó Kit—. Lo lamento, desarrollé un proyecto para encontrar a los Singulares capaces de neutralizar a otros Singulares. Fijate que vos pudiste anular la Singularidad de La Parquita.

—No. Yo le salvé la vida a mi amigo. Y no era La Parquita la culpable, era el tipo con el arma.

—Tenés razón, por eso quiero enmendar mi error y solo Cysgod nos puede ayudar.

—Ok —dijo Beta pero voy a necesitar espacio para moverme.

—No —dijo Kit—, eso de moverte mientras ella está en control era una broma que hacía Cysgod para molestar a tus padres.

—Ah, bueno. Nada que venga de Cysgod me sorprende —dijo Beta, molesta.

—Tu hermana tiene un delicioso sentido del humor. Humor negro del bueno —dijo Kit—. Cuando dejes de competir con ella y entres en su misma frecuencia, vas a ganar una gran aliada. Solo tenés que hablarle y trabajar en equipo. Acostate en el asiento y tratá de escuchar el sonido que voy a reproducir.

Beta se inclinó sobre el asiento y su cabeza quedó en el regazo de Boogie Hunter.

—¿No te jode? —preguntó Beta.

—No, tranquila. Vos relajate, que nosotros te cuidamos.

—Ok —Beta respiró de manera pausada—. El sonido, el sonido. No. Todavía no escucho nada.

—Entrá en frecuencia, buscá a tu hermana. Llamala —le indicó Kit.

—Creo que escucho algo. Un pitido agudo —dijo ella.

—Vas bien —la acompañó Boogie Hunter.

—De a poco se hace más grave, más armonioso. Ahora escucho dos sonidos.

—Bien —celebró Kit—, ahora tratá de unirlos. Acercalos.

Los ojos de Beta se tornaron más oscuros. Su expresión cambió.

—¿Cysgod? —preguntó Boogie Hunter mientras le sostenía la cabeza.

—No. Sí —dudó Beta y le dio un beso en la boca—. Hola, bonito. Somos las dos. Nos gustás mucho —con un guiño de ojo se dejó ir.

—Estamos listas —se escucharon las voces de Cysgod y Beta provenir de los labios de la chica, ahora en estado de trance.

—Uh, rediabólico —exclamó Gea—, qué turbia que es tu novia, Juan Bigotes.

—Boogie Hunter —la corrigió— y no. No es mi novia.

—Ah, bueno. Y yo que pensé que la Reinita era la que hacía las cosas lentas —murmuró Gea.

—¿Qué querés decir? —se ofuscó Boogie.

—¿Se pueden concentrar? —los reprimió Kit—. Esto no es una joda. Estamos en medio de un rescate.

—Ya estamos en la celda de Samantha —informaron Beta y Cysgod—. Y ya está dormida.

—Bien. Vamos a hacer esto —dijo Kit—. Se van a separar. Beta, vos entrás en Samantha y te acercás lo más posible a la celda que está a tu izquierda. Vos vas a ser nuestros oídos. Cysgod, vos andá a la sala en la que tienen al Lenteja y esperá a ver qué pasa. Si la cosa sale como creo, vas a tener que intervenir.

—Esperá, hermana, no te vayas —dijo Beta y extendió las manos como en un abrazo—. Perdoname por no haberte escuchado antes. Perdoname por no haberte salvado.

—Bueno, acá me ves —dijo la voz de Cysgod—, me las arreglé para seguir viva. Al menos cuando alguien nos necesita.

—Quisiera pasar más tiempo con vos.

—Ok. Entonces hagamos más cosas heroicas —concedió Cysgod—, me puedo acostumbrar. Siempre que el guapo de Boogie Hunter nos siga sosteniendo la cabeza.

Tim se puso colorado y solo atinó a darle una palmadita en la frente a la chica.

—Alpha Omega está por entrar en la habitación —comentó Beta.

—Momento de acompañar a Queen Size, Cysgod —indicó Kit.

—Nos vemos en un rato, hermanita —dijo Cysgod con una sonrisa y atravesó el muro para encontrar al Lenteja aprisionado frente al otro Singular que lo sostenía entre sus brazos, con la mesa de por medio. Ambos parecían agotados.

—¿Notaron que el Pinocho tiene las manos vendadas? —preguntó Cysgod—. Parece como si nuestro amigo tuviera dos hisopos gigantes sobre las orejas.

—No te distraigas, Cysgod —le pidió Kit.

—Walter Leandro Tejeda —dijo Alpha Omega al entrar a la sala—. De chico te llamaban Lenteja en el colegio, decían que eras lento. Viste morir a tus viejos y no pudiste hacer nada al respecto. Ese acontecimiento catalizó una Singularidad no demasiado documentada pero que ya usaste veintitrés veces a lo largo de tu vida.

—Nunca las conté. Solo la uso cuando alguien me agrede. Pero si usted lo dice, puede ser. No es fácil ser Drag Queen en un país lleno de fachos.

—Me imagino —admitió Alpha Omega—. Supongo que ya se habrán presentado con el Pinocho, por lo visto forjaron una relación muy estrecha.

La risa de Alpha Omega fue lo único que se escuchó como respuesta.

—Entonces, vos podés hacer que el tiempo pase muy lento cuando te sentís amenazada, ¿verdad?

—Sí —dijo Queen Size—, pero no lastimé a nadie con mi singularidad. A lo sumo mis agresores perdieron un poco de tiempo, nada más.

—No me cabe ninguna duda —dijo Alpha Omega ceremonioso—. Vos no tenés ni idea del tiempo que me hiciste perder cuando sacaste a esos chicos del orfanato, ¿verdad? No te importa la cantidad de efectivos policiales a los que vamos a tener que pagarle horas extras hasta que encuentren a todos esos parásitos que ahora pululan por las calles o se esconden como ratas —masculló mientras forzaba una sonrisa—. Lo mío es la información, ¿sabés? Y me molesta demasiado no tenerla, no controlarla. Y ese plancito de rescate a los huérfanos tiene algo que no me cierra. Alguien tuvo que haberte ayudado, porque de pronto no andaba una sola cámara vial alrededor del orfanato, no se podían cruzar los datos de los autos que pasaban por ahí. Y mirá que conozco a los tu especie y no hay uno solo que controle las tecnologías como para hacer esto. Ustedes tienen antipoderes, hacen cosas inútiles, son un desperdicio. Pero acá estamos, y supongo que no me vas a decir quién te ayudó, ¿o me equivoco?

—Yo estaba en el orfanato haciendo una perfo y como vi que la cosa se ponía picante los evacué. Solo eso. Seguí mi instinto.

—¿Sabías que hay una morgue dos pisos abajo? Tal vez quieras visitarla.

—¿Me está amenazando?

Cysgod, agazapada en un rincón, sintió cómo el tiempo comenzaba a fluir con más lentitud.

—No, tranquilo —se apresuró a decir Alpha Omega—, no quiero que te sientas amenazada. No sin antes escuchar el trato que tengo para ofrecerte. ¿Notaste el detalle de las manos de nuestro amigo acá, el Pinocho?

—¿Lo dice por las vendas? —preguntó Queen Size.

—Qué observadora —celebró Alpha Omega—. Si te parece yo le voy a ir quitando los vendajes mientras te cuento que hay veinte policías rodeando la casa de Pinocho apuntando a su mujer y a sus hijas. Sí, así como lo ves, este engendro de palo logró casarse y no quiero saber cómo pero también pudo procrear. Sus hijas tienen seis y diez años. En el extremo de sus brazos —dijo Alpha Omega dejando los vendajes sobre la mesa—, Pinocho tiene dos pistolas y te apuntan al cerebro. ¿Qué quiero decir con esto? Que ya estás muerta, Queen. Es solo cuestión de tiempo, de cuánto tiempo le vas a hacer perder a nuestro amigo hasta que la bala te atraviese la cabeza. ¿Un año, ocho, cincuenta? Podés retrasarlo todo lo que quieras, pero esta es la última imagen de tu vida. Aunque, si sos una buena chica, como creo que sos, vas a liberar a este muchacho de su peso para que pueda volver con su familia. ¿Qué te parece? ¿Bien? Entonces, si no les molesta, yo los dejo para que charlen los detalles. Fue un gusto conocerlos —dijo y los dejó solos.

27.

ПЕΛΡO

—No te preocupes, Pinocho. Te entiendo —dijo Queen Size—. Hacé lo que tengas que hacer.

Del otro lado de la puerta, Alpha Omega comenzó a alejarse, satisfecho.

Se escuchó un crujido y al Lenteja gritar:

—¡No! ¡No lo hagas! ¡Por favor no dispares!

—Así que al final resultaste una cobarde que se aferra a la vida. Qué decepción —murmuró Alpha Omega mientras se alejaba por el pasillo—. Bueno, parece que esto va para largo. Le voy a decir a González que clausure la sala hasta nuevo aviso.

Un segundo después, se escuchó un disparo.

—Ah, mirá vos —se sorprendió Alpha Omega—. Entonces le voy a tener que pedir a González que limpie el enchastre.

Al salir del área de detención, Alpha Omega tomó su celular y realizó un llamado:

—Comisario, ¿cómo le va? Alpha Omega lo llama. Por acá todo bien. El camino está despejado.

—¿Qué quiere que hagamos con la familia del Pinocho? —preguntó el comisario.

—¿Con la familia del Pinocho? ¿El que acaba de matar a un testigo clave? Mátelos a todos.

—¿A las hijas también? Ellas ni siquiera son Singulares —dudó el comisario.

—Perdón, creo que se escucha entrecortado, comisario. ¿Me oyó decir "a algunos" o "a todos"? Vio lo mala que es la señal por acá.

—Dijo "a todos" —se excusó el comisario mientras daba la voz de fuego.

—Bien. Le dejo al Pinocho en la sala. No creo que vaya a ningún lado, porque tiene un cadáver atado a las manos. Pero ya sabe, si se resiste puede pasar cualquier cosa, vio cómo están de violentos los Singulares este último tiempo. Ah, mire, si quiere le digo a mi amigo González, acá, que vaya a limpiar la mugre de la sala de interrogatorios, comisario —dijo Alpha Omega con un guiño de ojo al oficial que seguía con el chat en el monitor—. ¿Sí? ¿Le parece bien? Bueno, como siempre un gusto hablar con usted.

—¿Cysgod? Cysgod, decinos qué pasó —preguntó Kit desde la camioneta.

—No lo van a creer. Pinocho se quebró los brazos contra la mesa y se pegó un tiro para no matar a Queen Size.

—¿Y ella está bien?

—Tiene la cara cubierta de masa encefálica, si eso responde a tu pregunta.

—Bueno, al menos está viva. Era una posibilidad y por toda la información que reuní con respecto al Pinocho, supuse que actuaría de esa manera. Pobre muchacho.

—Conmovedor, jefe, pero Queen Size sigue acá —lo interrumpió Cysgod—. Dudo que nos dejen salir de la comisaría, así como si nada.

—No, por supuesto que no —dijo Kit—, vas a tener que hacer como hiciste con Isaías Feltner. Pero con otro desenlace, no sé si me explico.

—Clarísimo —dijo Cysgod—. Me llevo al espíritu del Lenteja a dar una vuelta y dejamos que encuentren su cuerpo sin vida. Y lo más sensato sería que lo lleven a la morgue que tienen en el subsuelo junto a lo que quedó del pobre Pinocho.

—Exacto. Como si me leyeras el pensamiento —celebró Kit.

—Te puedo llamar Samantita, si querés —bromeó Cysgod.

—Vos encargate de Queen Size que debe estar muy nerviosa y todavía nos queda un rato hasta que podamos sacarla. Beta, vos ya podés volver.

—Pero, ¿y con Samantha qué hacemos?

—Tranquila. A Samantha la liberan mañana temprano y todavía necesito que haga algo ahí adentro. Volvé a la camioneta a esperar a tu hermana. Vamos a tratar de descansar un rato.

—Bueno, dejo a Samy acá dormida, entonces.

—Dale, te esperamos —le dijo Kit—. Boogie Hunter, perdón que te pida esto, pero tal vez tengas que darnos una mano con las pesadillas de Queen Size.

—Sí, lo entiendo.

—Ya estoy acá —dijo Beta, de regreso en su cuerpo.

—Hola —sonrió Boogie cariñoso.

— Uy, ¡qué loco! —exclamó con la voz de Cysgod—. Estamos en dos lugares al mismo tiempo, como la señora Cara de Papa en *Toy Story*.

—Pero ¿dónde estás, Cys? —preguntó Beta— No veo nada.

—¡Shh! Estamos jugando a las escondidas acá con la Reinita en uno de los nichos de la morgue —respondió Cysgod divertida— y ya que estamos, le quería mostrar el maravilloso mundo de los espíritus.

—Perdón, pero todo esto me torra —dijo Gea— y me siento un toque encerrada en esta camioneta. ¿Tiene un plan o puedo salir a dar una vuelta?

—Yo puedo acompañarte, güerita —le dijo La Parquita—. Si no es mucho riesgo.

—Hay un parque a dos cuadras —indicó Kit—, pueden ir un rato allá, pero con mucho cuidado.

—Ya sé, máquina —le contestó Gea mientras abría la puerta—, me conozco todos los parques de esta ciudad. Dale, venite que te hago un tour piola, amiga.

—Beta —le dijo Kit—. Todavía tengo una misión importante para vos. Mañana empieza el verdadero quilombo. Vos relajate y dejá que tu viejo se vaya a dormir pensando que está ganando y le vamos a dar un amanecer que nunca se va a olvidar.

28.

AMANECER

Beta se despertó con el ruido de varios motores que se detenían alrededor de ellos, personas que bajaban de distintas camionetas y se ponían a conversar a los gritos. Miró a través del espejo retrovisor y reconoció a varios periodistas y movileros de los principales canales de noticias.

—Ey, Kit —dijo Beta antes de que todos se despertaran.

—Sí, ¿qué pasa?

—La comisaría, mirá. Está rodeada de periodistas.

—Claro. Son parte del plan.

—¿Los periodistas son parte del plan de escape?

—Sí, también del plan de escape —confirmó Kit.

—¿Cómo que también del plan de escape? ¿Tenemos otro plan en marcha y no me contaste nada?

—Claro, el plan por el que vos estás acá —dijo Kit.

—Ok —Beta respiró hondo para no perder la paciencia—. ¿De qué plan estás hablando?

—Nuestro plan original, Bet —Kit le cedió la voz a Belinda—, hacer la revolución. Esta es nuestra Bastilla.

—Bueno, está bien —dijo Beta convencida y se acomodó en su asiento—. ¿Qué tengo que hacer?

—En quince minutos, por aquella puerta, va a salir Samantha. Según mis cálculos, en ese momento va a recuperar su singularidad y se va a encontrar con los periodistas, a los que convoqué anoche con la promesa de una primicia capaz de hacer caer a los Infinitos.

—Pero, ¿qué les puede decir Samantha que pueda convencerlos?

—¿Decir? No tiene que decir nada. Yo le indiqué a Samantha que se quede ahí de pie, que mire a todos los periodistas, que se deje leer la mente, que se deje filmar. Y cada espectador de cada rincón del mundo va a ver lo que vieron sus ojos, va a escuchar lo que oímos anoche, va a saber de todos los fraudes, crímenes y secretos de los Infinitos. No va a hacer falta una sola palabra porque todos los periodistas lo van a tener en sus propias mentes y ellos mismos les van a decir a sus espectadores todo lo que hicieron los Infinitos. Y por qué no creerles a los medios, ¿verdad?

—No sabía lo peligrosa que podía ser Samantha —reflexionó Beta.

—Cuando los Singulares se vuelven Plurales son imparables, pero la soberbia de los Infinitos no les permitió ver más allá de los individuos y sus anomalías, los creyeron extraños, prescindibles. Samantha, sin decir una palabra, les va a dar a los Singulares el más poderoso de los mensajes, que no están solos, que no son débiles, que no son esclavos de nadie.

—Pero esos policías la van a querer matar apenas capten sus pensamientos.

—Ahí es donde entrás vos —dijo Kit de manera sugestiva.

—Tenés un fetiche con esa frase —sonrió Beta—, pero te banco. Decime qué tengo que hacer.

—Ser vos misma, nada más —indicó Kit—. Vas a captar lo mismo que los periodistas y te aseguro que te van a dar ganas de romper todo. Vos no te contengas, decí lo que sientas. Vos sos el llamado a la revolución.

Gea y Parquita entraron en la camioneta.

—¿Qué onda todo este bardo? —preguntó Gea que se veía mucho más saludable por haber pasado la noche en el parque.

—Son nuestro señuelo —indicó Kit—. Beta, estate atenta.

Los cronistas comenzaron a agolparse al frente de la comisaría, hubo insultos y empujones entre los camarógrafos y reporteros. Nadie sabía quién iba a salir por aquella puerta, pero si la caída de los Infinitos era inminente, no se lo podían perder. Cuando vieron salir a Samantha, todos parecieron decepcionados. Beta aprovechó ese instante para escabullirse en el tumulto y quedar detrás de su amiga, agazapada, con el rostro cubierto por una capucha.

Samantha miró a su alrededor, como desorientada, de acuerdo al plan. Los periodistas al comienzo compartían esa sensación, no entendían bien qué pasaba, pero de pronto todos comenzaron a captar los pensamientos de la mujer que estaba ahí parada.

La conmoción entre los periodistas fue inmediata. Algunos retrocedieron unos pasos, estupefactos, otros pegaron un grito de sorpresa, un camarógrafo se tomó la cabeza y casi deja caer su equipo. Los más serenos lograron enfocar a Samantha, que paseaba la mirada de cámara en cámara. Todos aquellos que la vieron desde sus dispositivos también pudieron leer sus pensamientos. La onda expansiva de una bomba atómica se propagaba dentro de la mente de cada ciudadano. Los Infinitos estaban siendo desenmascarados en *streaming*.

—Llegó la hora de Beta —susurró Kit—. Díganle a Cysgod que esté lista, en unos minutos vamos a su rescate. Parquita, vos vas al volante.

—Qué linda persona que es mi padre —exclamó Beta incorporándose detrás de Samantha mientras se quitaba la capucha, para sorpresa de todos los periodistas—, qué lindos padres que resultaron los Infinitos. Nos mintieron, nos robaron, nos hicieron creer que un monstruo nos invadía, que nuestras vidas estaban en peligro. Hubo suicidios por el chiste de Sísifo. Muchos. La bondad de los Infinitos es un invento. Ellos no son más que un grupo de multimillonarios aburridos de quitarles todo a ustedes, a sus gobiernos, a nuestra tierra.

—Usted viene conmigo —le dijo una oficial de policía a Samantha y la llevó de regreso a la comisaría. Era la misma oficial que la había descubierto en la central de datos la noche anterior. Samantha no ofreció resistencia. De manera fugaz, miró a Beta para permitirle leer sus pensamientos.

"Es parte del plan, vos seguí hablando".

—Abusos, corrupción, asesinatos, encubrimiento —dijo Beta, cada vez más crispada—. Vimos la persecución y la supuesta muerte de Isaías Feltner en todos los medios y ahora nos enteramos de que el pobre chico llevaba semanas muerto. Y la mayor mentira de los Infinitos: los terribles Singulares que según ellos se comen a nuestros hijos. Despojos de nuestra sociedad, eso dicen de los Singulares. Parias a los que trataron de ocultar porque son la prueba de todos sus males. Y no son pocos los Singulares, son miles, y solo basta que se unan para hacer grandes cosas. A ponerse de pie, Singulares. Tomen la piedra en sus manos y derroten a este nefasto Goliat que se esconde en el Salón Infinito. Tomen el lugar que les pertenece en la historia. Hagan oír su voz, Singulares. Sé por qué se los digo, porque yo —y surgió Cysgod detrás de ella—, nosotras —dijeron ambas al unísono—, somos una de ustedes. ¡Singulares, no están solos!

La oficial de policía llevó a Samantha a la morgue, colocó el cuerpo de Queen Size en una camilla y le indicó que la siguiera.

—Parquita, arrancá. Vamos a la entrada trasera de la comisaría. Boogie Hunter abrí la puerta para que Beta pueda entrar, nos vamos —indicó Kit.

Boogie estiró su brazo desde el interior del vehículo y se lo ofreció a Beta, que se desprendió como pudo de los periodistas y saltó a la van. La Parquita arrancó con un chirrido de gomas y dio la vuelta a la manzana de la comisaría. En la entrada trasera del edificio, Samantha y la oficial los esperaban con Queen Size tapada por una sábana arriba de la camilla en la puerta trasera.

—Ya la pueden despertar —dijo la oficial.

—Pero, ¿por qué nos ayuda? —preguntó Gea mientras Samantha subía a la camioneta.

La oficial se quitó el guante y le extendió la mano. Al estrecharla sintió algo frío y suave. Una mano de porcelana.

—Soy una de ustedes —dijo la policía—, y como yo, hay muchos Singulares que no aparecen en ningún registro. Como nuestra amiga Samantha, que solo vino a dar un testimonio y, como justo no pude hacer el papeleo, no me queda otra que liberarla —dijo y le guiñó un ojo.

—Vamos. Tenemos que alejarnos de la ciudad —dijo Kit—. Los Infinitos no van a dejar pasar esta provocación sin dar pelea.

—Qué notición —dijo Gea—, ya me estaba marchitando entre tanto edificio.

Queen Size se incorporó de a poco y miró a su alrededor.

—Hola, ¿cómo andan? No saben lo bien que dormí anoche.

Boogie Hunter le sonrió y dijo:

—Sí, me puedo imaginar.

Beta puso una mano en su pecho y sintió a Cysgod dentro suyo. Buen día, Cys, ¿todavía estás ahí? —le preguntó a su hermana.

—Sí, hermanita —dijo la voz de Cysgod con alegría—. Parece que aprendimos a convivir.

—¿Cómo les va? —preguntó Boogie Hunter.

—Jefe —dijo Cysgod—, creo que tu plan de escape salió bien.

—¿El plan de escape? —preguntó Kit—. Ese todavía no empezó. El verdadero plan empieza ahora.

29.

ΓERROR INFINITO

Por primera vez desde la construcción del Salón Infinito, una manifestación rodeaba sus muros con pancartas de protesta contra el maltrato a los Singulares y con las imágenes tachadas de los Infinitos.

—Ingratos de mierda —gruñó Rayson mientras jugueteaba con una navaja mariposa—, si querés, activo el sistema de defensa y los quemo a todos.

—¿Vos estás loco? —exclamó Alpha Omega—. ¿Con todos los medios ahí afuera? ¿Qué querés, que nos linchen?

—Bueno —acotó Vinci con un irritante tono acusatorio—, todo esto no hubiera pasado si no fuera por el *speech* motivacional de tu hijita, ¿no?

—El 70% de las cagadas que tuvimos que tapar son las tuyas, pedazo de pervertido —advirtió Rayson con desprecio—, así que mejor, por una vez en tu vida, cerrá la boca.

—Yo podría crear una cúpula que rodee el Salón Infinito —reflexionó Star Bag mientras giraba alrededor de la mesa de reuniones como un pequeño y nervioso trompo.

—¡Ah, sí! ¡Qué bien! El avestruz solo sabe esconder la cabeza —dijo Rayson en tono burlón—. ¿Por qué no hacemos algo útil para variar y terminamos el trabajo que empezamos?

—El problema es que los registros que teníamos para rastrear a los Singulares se volvieron inestables —explicó Look Ahead visiblemente preocupada.

—A ver, defíneme "inestables" —murmuró Alpha Omega que sostenía su cabeza como si le fuera a explotar.

—No sé qué pasó, pero de pronto mandamos un escuadrón a una casa en la que, en teoría, vive un Singular y nos dicen que ahí hay una escuela o un terreno baldío, como si alguien hubiese alterado los archivos. Mis datos ya no son fiables. Podríamos estar matando a cualquier persona.

—¿Y de quién fue la brillante idea de usar a los Singulares como chivo expiatorio? —preguntó Rayson mientras rayaba la mesa Infinita con su navaja.

—La propuse yo —recordó Alpha Omega—, cuando murió Multimédula. Parecía lo más sensato en ese momento. De hecho, fue él mismo el que me dio la idea de tener un enemigo más real antes de morir y me advirtió que todo esto iba a pasar, que Beta me iba a traicionar.

—¡Qué gordo de mierda! —aulló Rayson dando un fuerte golpe en la mesa—. ¿Y si todo esto es parte de un plan? No sería la primera vez que lo hace ese engendro. Te tira la información a cuentagotas, nunca te muestra el panorama de la misión y te tiene laburando para él como un peón con los ojos vendados. ¡Genial! Para colmo está muerto y no le podemos decir nada.

Un holograma apareció en el asiento que ocupaba Multimédula. El rostro era el de Bill y el de Belinda al mismo tiempo, pero no era la criatura monstruosa que había sido Multimédula, sino una imagen armoniosa, hipnótica.

—No. No me morí —dijo el holograma—. Muté para convertirme en una Inteligencia Infinita. Soy parte humana y parte digital. Y sí, yo desencadené todo. Porque el caos tiene que estar en las calles. Construí para ustedes el enemigo perfecto y tiene que parecer que nos tiene contra las cuerdas.

—¿Era necesario develar al mundo todos mis problemas legales? —preguntó Vinci.

—Sí. Era necesario. Porque sos una mala persona y no merecés estar entre los Infinitos. Tenemos que mutar, todos tenemos que mutar. Vos y Look Ahead tienen que renunciar de inmediato.

—Pero, ¿por qué yo? Si no hice nada —dijo ella con los hombros en alto.

—Precisamente, querida. Porque no hacés nada —observó Rayson—. Solo mirás mapas y te ponés sombreros ridículos. Sos el cupo femenino que necesitan los Infinitos para que no nos tilden de misóginos.

—Claro, porque les está saliendo bárbaro eso —se defendió Look Ahead.

—¿Nos concentramos un segundo? ¿Con los Singulares qué hacemos? —preguntó Alpha Omega.

—Sigan el curso del plan —indicó Multimédula—. Persíganlos, atrápenlos, destrúyanlos. Todo lo que necesiten para hacerlos enojar. Porque tarde o temprano va a haber uno, en tal o cual ciudad, con una singularidad más dañina, más amenazante y va a hacer algo irreparable. En menos de una semana los van a odiar, los van a temer, los van a enfrentar y se va a desatar una guerra civil.

—¿Y nosotros qué ganamos con todo eso? —preguntó Alpha Omega.

—Bueno, ese es el momento en el que entra Star Bag.

—¿Star Bag? —preguntó Rayson incrédulo.

—Sus cúpulas y sus refugios antinucleares les van a venir muy bien. Les recomiendo que junten a sus seres queridos, a sus amigos, a sus socios y los inviten a pasar un par de semanas a salvo. Y cuando todo pase, no van a quedar Singulares de los que tengan que preocuparse.

—Ok —admitió Alpha Omega—. Llamen a sus conocidos y con mucha discreción llévenlos a los refugios. Que no se filtre en los medios. Rayson, este es tu momento. Vas a sacar todo tu armamento a las calles y no vas a tener piedad. Los Singulares van a sentir el terror infinito.

30.

EL PALOMAR

—Kit, ¿estás ahí? —preguntó Gea mientras golpeteaba el estéreo que llevaba un largo rato en silencio.

—Sí, acá estoy —dijo la voz con serenidad— ¿qué necesitas?

—Nada. Pero, ¿falta mucho? —agregó Gea impaciente. Un paisaje monótono pasaba frente a sus ojos.

—No —indicó Kit—. Ya estamos cerca. Tenemos que llegar al aeropuerto de El Palomar.

—No sé si es una buena idea pasar por un aeropuerto en estas circunstancias —dijo Samantha—. Cualquiera que pueda leerme la mente nos puede delatar.

—No se preocupen, no vamos a pasar por los salones comunes. Vamos a ir directo a los hangares donde están los jets privados.

—¡Ah re!, que vamos a ir en un jet privado —exclamó Gea descreída—. Pará, pará, acá tengo las llaves —bromeó—. Uh no, era mi ganchito de pelo.

Boogie Hunter y Beta se miraron divertidos. Queen Size tenía la vista clavada en el horizonte.

—Mi licencia de piloto está vencida —dijo Beta que adivinaba las intenciones de Kit.

—No —le dijo Kit en tono cómplice—, la renovaste el mes pasado ante el ANAC. Al menos eso dicen los registros.

—¡Qué padre! —dijo La Parquita— ¿Así que puedes pilotear aviones?

—¿Por qué necesitamos ir en avión? —quiso saber Beta.

—Porque los Infinitos van a atacarlos con todo lo que tienen —le dijo Kit.

—Si provocás al perro, el perro te muerde —dijo Cysgod—. Y no podemos permitir que masacren al resto de los Singulares y quedarnos de brazos cruzados —agregó Beta.

—No vamos a huir —se sumó Boogie Hunter.

—No, el plan no es huir —dijo Kit—, vamos a ir a un lugar estratégico para contraatacar: la Isla Decepción.

—¡Qué nombre pedorro! —dijo Gea.

—*Deception* quiere decir engaño en inglés, solo que está mal traducido —explicó Beta—. Aquella no es una isla, es la punta de un volcán submarino que está cerca de la Antártida. Es uno de los lugares más aislados del mundo.

—Sí —completó el Lenteja—, sobre todo desde que el presidente prohibió la actividad turística en la zona.

"¿Qué carajo vamos a hacer en la punta de un volcán submarino?", pensó Samantha.

—Vamos a desatar todo el poder de Gea —dijo Kit—. Ya tenemos la ruta aérea trazada y el jet nos está esperando en la pista. No nos queda mucho tiempo, en cualquier momento los Infinitos van a dar la orden de cerrar todas las rutas y clausurar el espacio aéreo.

—¿Y si no se me canta desatar todo mi poder por una manga de caretas que nunca hizo nada por mí? —preguntó Gea.

Queen Size tomó la mano de la chica y le dijo:

—Esto lo hacemos por todos los Singulares que murieron de formas horribles estos días. Lo hacemos por nuestros hermanos, Gea.

—No tengo historia en hacer mierda todo, Reina. Pero decime, ¿a cuántos inocentes nos cargamos si lo hacemos?

Queen Size bajó la mirada y ensayó una sonrisa triste:

—¿Qué haría Isaías si estuviera acá?

—Yo soy Isaías —dijo Kit.

—¿Cómo? —dijeron todos al mismo tiempo, sorprendidos.

—Sí. Guardo en mi memoria todo lo que escribió, publicó, descartó, lo que subió y lo que borró; con lo que debatió y aquello que lo inspiró. También soy Marx y soy Keynes, soy Sartre y Simone de Beauvoir, soy todo lo que escribió Descartes y Sor Juana Inés de la Cruz. Crucé toda la información sobre Platón, Aristóteles, Hipatia; sé todo sobre los cínicos, los sofistas, los existencialistas y los pragmáticos; soy todas las religiones, soy todos los Foucault y las Hannah Arendt, soy Freud y Lacan, soy Sun Tzu y también soy Zizek. Soy antropólogo, filósofo, economista, maestro, artista, soy enfermero y diseñador.

"Entonces también sos Hitler, Stalin y Mussolini", pensó Samantha.

—Soy todos ellos, también —aceptó Kit—, porque logré unir todo el pensamiento de la humanidad, desde los más nobles hasta los más crueles. Y no solo lo acumulé, sino que tracé algoritmos, ensayé debates, construí consensos, los puse en duda hasta que llegué a una respuesta. Y no hay una sino miles de formas de alcanzar la felicidad y el bienestar en este planeta. Esta que vamos a intentar es simplemente la que considero la mejor de esas alternativas.

—Llegamos —indicó La Parquita mientras estacionaba la camioneta en una de las pistas del aeropuerto.

—Vamos —dijo Kit—. Es aquel jet de color dorado.

Beta entró a la cabina del piloto y comenzó a encender los controles. Con temor pidió permiso a la torre y para su sorpresa le dieron luz verde de inmediato.

—No tenés una idea de las horas de vuelo que tiene este jet —le dijo Kit desde los comandos de la cabina. Si esta caja negra hablara, tu papá y sus amigos tendrían para ocho cadenas perpetuas.

—¡Fa! ¡Así que esto es un avión! —exclamó Gea maravillada—. ¡Qué cheto!

—No, así no son los aviones, Gea —le dijo Samantha—. Así son los aviones de los millonarios.

—¿Hay algo parecido a un aeropuerto o al menos una pista de aterrizaje en la isla? —dijo Beta mientras encendía los motores del avión.

—No, aeropuertos no hay, tampoco hay pistas —le dijo Kit—. Pero hay una base científica española en la que podemos aterrizar con mucho cuidado.

—Y está situada en la misma isla, ¿verdad?

—Así es.

—¿Por qué tengo la sensación de que somos peones de una partida de ajedrez de la que ya sabés el resultado? —preguntó Bet, mientras el jet comenzaba a carretear.

—¿Por qué decís eso? —preguntó la voz de Belinda.

—Primero, le decís a papá que lo voy a traicionar y él me echa de casa. De inmediato, me contactás para que arme una revolución. En paralelo, y seguramente inspirados por tus ideas, los Infinitos fingen la persecución de Feltner para vengar tu supuesto asesinato y escriben el primer acto: la invención del enemigo. Mientras tanto vos, desde las sombras, seguís los pasos de los Singulares. ¿De todos? ¿De algunos? Y nos vas seleccionando. Armás tu jugada. Me hacés rescatarlos. ¿Era necesario siquiera que atraparan a Queen Size? ¿O era solo una cortina para entrar a la comisaría y acceder a los datos encriptados de los Infinitos? Me hacés declararles la guerra, yo accedo. Y ahora estamos rumbo a la Antártida mientras quién sabe cuántos Singulares van a morir para que se cumpla tu plan.

—Tu inteligencia es admirable, Bet —admitió Kit—. Tenés razón, tuve que precipitar los hechos, de lo contrario todo se iba a mantener igual durante cientos de años. Los Singulares van a seguir siendo subyugados, desclasados, discriminados. Pero no solo ellos. También los viejos, los pobres, los débiles, los diferentes, los rebeldes. Todos los que no sean ricos o poderosos están condenados a vivir en un mundo cada vez más injusto, con menos recursos, menos libertad, con más violencia y mucha más muerte. Y eso no va a cambiar a menos que lo hagamos nosotros. Lo que estoy haciendo, Bet, es despejar las variables de una ecuación de escala planetaria. Solo te pido que confíes en mí.

—¡Me salió una televisión del asiento! —exclamó Gea emocionada.

—Bienvenida al mundo de los ricos —dijo Cysgod burlona.

—¿Querés ver dibujitos? —le preguntó Samantha desde su asiento.

—¿Dibujitos? ¿Para qué? Quiero ver documentales sobre la naturaleza —dijo Gea.

—¡Estos millenials! —murmuró Boogie Hunter para seguir el chiste. Todos se rieron con ganas, incluso Queen Size, que llevaba un rato con aspecto melancólico. Pero de inmediato, en todas las pantallas del jet se proyectaron las mismas imágenes. Fusilamientos, persecuciones. Chicos arrancados de los brazos de sus madres. Grupos enteros de Singulares eran quemados vivos. Un genocidio.

31.

ENCIERRO

—¿Ya estamos a salvo? —preguntó Vinci mientras miraba a su alrededor para calcular las dimensiones del refugio en el que permanecería junto a las diez personas que había elegido como compañía. Aquel búnker que había construido Star Bag era bastante espacioso y funcional.

—Depende de lo que consideres estar a salvo —le respondió desde un altoparlante la voz de Inteligencia Infinita—. ¿A salvo de los Singulares? Sí, aunque vos sabés que ellos nunca fueron una verdadera amenaza. ¿A salvo del descontento de la sociedad? Si considerás que con el tiempo se van a olvidar de todo esto y que algún día te van a perdonar. ¿A salvo de tus fantasmas? Eso definitivamente no va a pasar porque no merecés formar parte de los Infinitos, ya te lo dije. Mi objetivo es que nunca salgas de acá.

—¿Me encerraste con la gente que más me importa para dejarnos morir? —susurró Vinci tratando de que sus amigos no lo escuchen.

—No, Vinci querido —le respondió Inteligencia Infinita—, ¿cómo haría algo así? Mejor tomalo como una prueba. Si podés burlar mi seguridad, pensar en una forma innovadora de escapar, si podés dejar de ser la persona que fuiste y evolucionar, deberías poder salir sin problemas. Espero que hayas elegido bien a tus diez compañeros de encierro.

Vinci miró a su alrededor, había modelos famosas, un diseñador de alta costura, una pareja de actores del teatro *under*, una *influencer* que estaba en contra del concepto de vida sana, un comediante que imitaba a la perfección a todos los Infinitos. Tal vez no era el mejor equipo para escapar de aquel refugio, pero no había duda de que la iban a pasar bien.

—Vincito —le dijo la *influencer* con voz de bebota—, ¿sabías que en este cubo de cemento no llega la señal de wifi? Me estás cortando las alas, mi amor.

—Ay, qué dramón —le contestó el diseñador con una copa de Martini en la mano—, sos una *influencer* sin personas para influenciar, qué irónico que se volvió el mundo de golpe.

—Dame tiempo y los influencio a todos para que me consigan el wifi o lo que se me cante —respondió la chica en tono desafiante.

—No tenemos tiempo para eso —dijo el comediante con seriedad.

—¿Por qué lo decís? —preguntó Vinci intrigado.

—La puerta del almacén en el que se guardan los alimentos tiene un código de acceso y no lo veo por ningún lado. Si no lo resolvemos, nos morimos de hambre, con o sin wifi.

—¿Por qué me hacés esto? —preguntó Vinci apuntando sus manos al techo. Los demás lo miraron con preocupación. Un brote místico no era lo que necesitaban en ese momento. Pero se serenaron cuando escucharon que una voz le respondía.

—No te hago esto solo a vos, Vinci. Cada Infinito está en un refugio distinto, con diferentes obstáculos. No van a tener conexión con el mundo exterior, ni acceso a las tecnologías. Están ustedes y su ingenio. Si tienen la capacidad de reinventarse, van a salir adelante.

—¡Qué copado! —dijo la modelo con alegría—. Es como ir a un Escape Room.

—Sí —le dijo Vinci—. Pero en este, el relojito es tu propia vida.

—Entonces tenemos que empezar a idear un escape —reflexionó la modelo.

—Ya la escuchaste —dijo Inteligencia Infinita—. A trabajar. Si todo sale bien, nos vemos afuera. Que tengan un buen día.

El refugio de Rayson no tenía ningún obstáculo para acceder al almacén. El primer día les permitió a él y a sus diez elegidos compartir una cena generosa, en la que no faltaron anécdotas de viejas misiones y operaciones encubiertas en las que varios de ellos habían participado. Rayson había seleccionado a un grupo de militares, mercenarios, jefes de operaciones, todos los compañeros con los que alguna vez había compartido guerras o tareas de espionaje.

Todo anduvo bien durante los primeros días, hasta que apareció una caja envuelta para regalo en medio de la mesa con el símbolo de los Infinitos en un costado. Dentro de la caja había una pistola Desert Eagle con un cartucho que contenía nueve balas y una tarjeta que indicaba que solo una persona podría ser la elegida para salir con vida del refugio.

—Si no fuera porque sos la persona con menos sentido del humor del mundo creería que nos estás haciendo una joda —dijo Sasha, una agente encubierta que había recorrido el mundo con cientos de identidades, con las que se infiltró y desbarató varias organizaciones sindicales a escala planetaria.

—Si solo uno de nosotros puede salir con vida —reflexionó Garda, el jefe de operaciones amigo de Rayson—, espero que no se tomen como algo personal los posibles asesinatos que puedan ocurrir en las próximas horas.

—Nadie va a asesinar a nadie —gritó Rayson—. Estoy seguro de que es otro de los trucos del enfermo de Multimédula para volvernos locos. De acá salimos todos juntos apenas pase el quilombo en la superficie.

—Bueno, si estás tan seguro —levantó los hombros Garda—. Yo por las dudas voy a dormir con la puerta cerrada.

—Y yo tendría cuidado con lo que comemos —agregó Sasha—. Acá hay más de un experto en venenos.

—Uy, claro, justo traje mi kit de tóxicos al búnker —ironizó Rayson—. ¿Podemos dejar la paranoia de lado y volver a la normalidad?

—La normalidad —dijo Garda de manera teatral—. Encerrado en un búnker con los diez asesinos más peligrosos del mundo. Claro, esto es muy normal. Igual, tengo que decir algo a tu favor, Rayson, si lo que querías era armar una de suspenso, sin duda elegiste a los mejores.

—No me jodas, Garda, que no estoy de humor —murmuró Rayson.

—Y qué vas a hacer, ¿matarme? Dale, ahí tenés la cajita, con moño y todo.

—¿Sabés qué voy a hacer? Voy a tirar esta pistola a la mierda —exclamó Rayson. Pero al abrir la caja descubrió que el arma ya no estaba ahí.

—Bueno —dijo la voz de Inteligencia Infinita—, veo que se están adaptando bien a su nuevo entorno, como los buenos soldaditos que son. Seguro que se van a cuidar unos a otros. No tengo nada más que hacer acá. Que tengan un buen día.

—Admito que un poco me sorprende esto, Jeff —le dijo Inteligencia Infinita a Alpha Omega.

—¿Que haya venido solo? —respondió Alpha Omega mientras caminaba por los pasillos de su refugio.

—Que no hayas intentado arrastrar a alguien, que aguantes estar solo acá encerrado.

—No tenía a quién llamar —se sinceró Alpha Omega.

—¿No intentaste llamar a Beta o a su madre?

—No hubieran venido.

—Mirá vos. El gran Alpha Omega largó el control por primera vez en su vida y no hay testigos para semejante acontecimiento.

—Me dijiste que iba a terminar solo.

—Y acá estás. Solo.

—Y dijiste que este sería mi fin.

—Te dije eso, sí. Me alegra que lo recuerdes.

—Como verás, te presté atención —dijo Alpha Omega mientras recorría las habitaciones vacías—. Siempre te presté atención.

—Eso está muy bien —admitió Inteligencia Infinita con serenidad.

—Pero este no va a ser mi fin.

—¿No?

—No. No puede ser tan simple, ni tan silencioso. Tenés otro plan, más grande, más elaborado. Un plan que nadie puede siquiera imaginar todavía y vos ya estás pensando las próximas cinco jugadas. ¿Me equivoco?

—Tengo un plan más grande, sí. Pero, ¿por qué crees que te incluye?

—Por la belleza de la ecuación —dijo Alpha Omega—, por el desafío de lo imposible. La humanidad no pudo hasta hoy controlar el caos. La segunda ley de la termodinámica es clara en ese sentido: la cantidad de entropía en el universo tiende a incrementarse en el tiempo. ¿Es así?

—El tiempo... Interesante uso de palabras. Pero sí, así es —dijo Inteligencia Infinita.

—¿Y qué dice la teoría del caos? Que el comportamiento caótico no puede predecirse. Es, cito: "literalmente imposible medir las condiciones iniciales de un sistema, simularlas con un ordenador tal vez, pero no medirlas y menos con una perfecta exactitud, por lo que los estados futuros nunca podrán ser predichos".

—Admiro tu memoria —celebró Inteligencia Infinita.

—Nos apasionan las mismas cosas —dijo Alpha Omega con un dejo de nostalgia.

—Pero fuimos por caminos distintos —sentenció Inteligencia Infinita.

—Así que lograste controlar el caos —dijo Alpha Omega gratamente sorprendido.

—Sí, con un margen de error aceptable. Viste cómo es el caos —bromeó Inteligencia Infinita.

—Extrañaba estas charlas.

—Yo también. Pero creo que tenés que evolucionar, Jeff. Todos tenemos que hacerlo. El mundo que viene va a ser distinto y todos nosotros también tenemos que serlo.

—¿Entonces soy parte de la ecuación de tu nuevo mundo? —preguntó Alpha Omega.

—Eso depende de vos, amigo. Ahora me tengo que ir. Que tengas un buen día.

32.

ISLA DECEPCION

—Llegamos —indicó Kit luego de cuatro horas de vuelo—. Aquella es la Isla Decepción.

Luego del aterrizaje todos permanecieron en silencio. La primera en adelantarse para tocar el agua fue Gea. Tenía lágrimas en los ojos; las imágenes de las masacres que se repitieron a lo largo de todo el planeta seguían en su retina. Clavó sus manos en la arena y gritó:

—¡Hijos de puta!

El mar comenzó a hervir. Gea respiraba cada vez más agitada. El oleaje la rodeó, la arena, oscura, le subió por la espalda, la vegetación cubrió sus piernas. Se hacía cada vez más poderosa.

—Se está conectando con el mundo —Kit le comentó a Beta desde los auriculares de su celular.

—Ah, hola ¿dónde estabas? Me extrañaba no escucharte —respondió Beta.

—Tenía asuntos pendientes —dijo Kit.

De inmediato se elevó una enorme columna de agua frente a ellos, una ola de más de cincuenta metros que en segundos hizo desaparecer las islas Snow, Livingston, Greenwich y Robert. Del otro lado de la Antártida, a más de cuatro mil kilómetros, hacían erupción los volcanes Erebus, Terror, Takahe, el Sidley y comenzaban a derretir parte de los hielos de la Antártida.

—¿Este era tu plan? ¿Generar un nuevo diluvio, sembrar el caos? ¿A eso llamas despejar variables? —exclamó Beta furiosa—. ¿Para eso nos metimos en todos estos problemas? ¿Para eliminar a la humanidad?

—Te pedí que confíes en mí —respondió Kit con serenidad.

—No puedo permitir que esto pase —dijo Queen Size y apoyó su mano en el hombro de Gea.

De inmediato, aquel paisaje apocalíptico quedó suspendido en la lentitud.

—Te dije que Queen Size era importante —observó Kit.

Enormes columnas de lava y de agua se elevaban amenazantes enfrente de poblados y ciudades. Cientos de relámpagos y huracanes quedaron detenidos en el aire. Las personas, aterradas, trataron de buscar abrigo en los refugios de los Infinitos. Pero, para su sorpresa, las puertas estaban selladas y fueron recibidos con disparos.

—Ya tenemos acorralados a todos los Infinitos en los búnkers que ellos mismos construyeron— informó Kit.

—Pero, ¿qué pasa con las personas que están allá afuera? Queen Size puede frenar a Gea, pero no a los policías. Van a matar a todos los que intenten pasar.

—Nadie tiene que morir —dijo Kit—. No si lo impedimos.

—¿Y cómo lo hacemos, jefe? —preguntó Cysgod.

—¿Vos cómo lo harías? —preguntó Kit como un maestro que pone a prueba a su discípula.

—Me puedo dividir con Cysgod. Ella tendría que entrar en Gea ahora que está conectada con todo el mundo, mientras que yo entro en Samantha para que todos compartamos sus pensamientos. Al hacerlo —continuó Beta—,

La Parquita va a poder ir de persona en persona cada vez que perciba el peligro. Puede estar a la vez en la cabeza del guardia y del manifestante y así confundir a la muerte.

—El plan me gusta —admitió Boogie Hunter—. Pero ¿yo qué papel juego en todo esto?

—Si hacemos todo bien —calculó Beta—, tarde o temprano los guardias se van a cansar de disparar o se van a quedar sin municiones. Y las personas van a poder descansar. No quisiera imaginarme la pesadilla de alguien que tiene un tsunami paralizado en la puerta de su casa, o alguien que tiene un relámpago suspendido a metros de su techo, como una espada de Damocles.

—¿Y con los Infinitos qué va a pasar? —preguntó Beta.

—Ahí entro yo —dijo Kit—. Con este acto de cobardía, los Infinitos ya perdieron todo el respeto de los ciudadanos. Aunque pudieran salir, nadie más va a confiar en ellos.

—¿Cómo "aunque pudieran salir"? —preguntó Beta.

—Me aseguré de que esas compuertas nunca se abran. Les voy a quitar lo único que el dinero no puede comprar. Su tan preciado tiempo.

—Y nosotros quedaríamos atados al tiempo de Queen Size —dijo Samantha—. Si queremos sostener todo esto, tenemos que sacrificar nuestras vidas.

—No sería la primera vez —sonrió Cysgod—. Y ganar nunca fue parte del plan —completó Beta mientras tomaba a Boogie Hunter de la mano.

Fueron hasta donde Gea estaba sentada y la abrazaron. Samantha y La Parquita se sumaron al abrazo.

—Esta es la piedra angular de un mundo mejor —dijo Kit—. Este sacrificio estará en las mentes de todas las personas del mundo y nunca será olvidado.

—Ahora todos somos Singulares —dijo Beta con un

dejo de nostalgia y se encerró en un abrazo sin tiempo junto a sus amigos.

Ningún hombre volvería a pisar la Isla Decepción. Rodeada por huracanes y columnas de fuego que emergían del agua, esa porción de tierra se convertiría en una leyenda que pasaría de generación en generación: la leyenda de los últimos Singulares.

AGRADECIMIENTOS

Crear una novela no siempre es un acto solitario. *Singulares* nació en la terraza de un amigo y gran escritor de ciencia ficción Alexis Winer. Con él y con una decena de autores y autoras solemos compartir lecturas y comentar nuestros nuevos proyectos. Al comienzo, *Singulares* era como un álbum de figuritas, con un montón de personajes con rarezas de lo más risueñas, no tenía aún la historia pero sabía que quería hacer algo con esos extraños seres. Pronto la idea empezó a crecer, a tomar forma. Ahí me ayudaron Mariana Skiadaressis y Paula Puebla. Se las presenté como una novela por entregas, semana a semana, dejándolas en suspenso al final de cada capítulo. Las generosas observaciones de Tomás Wortley me hicieron repensar algunos personajes hasta que llegué a una versión final. Una vez que la novela estuvo lista, contacté a Salaiix, que armó la tapa y también algunas ilustraciones que quedaron en el tintero (y que tal vez aparezcan como *easter eggs* por algún lado). Diego Greco aportó su magia para armar a Queen Size y al tenebroso Multimédula.

Mientras esperaba las ilustraciones me puse a escribir una alocada segunda parte, ¿la podremos ver? Ah, eso depende de qué tanto les guste esta primera. Pero si algo les puedo decir es que la locura de la primera se multiplica en forma exponencial.

No puedo, ni quiero, dejar de mencionar a Martha Prince que, como buena madre, es mi primera y más minuciosa lectora. Para ella, asiento VIP en primera fila. Maru, mi mujer, y mis dos hijos también han sido fundamentales en todo lo que hago. No hay manuscrito que no pase por noches de lectura junto a ellos.

Todo esto que les cuento no estaría en sus manos si no hubiese sido por la increíble onda que le puso la Editorial Del Nuevo Extremo apenas los contacté. Con Mónica Piacentini fue admiración a primera vista, le conté la idea y de inmediato empezó la telepatía. Ideas de un lado y otro se fueron sucediendo.

Y gracias al fin a ustedes, lectores y lectoras, por permitirme cumplir este sueño tan singular.

Guille Tangelson